la petite marchande de rêves

7-13, boulevard Paul-Émile-Victor – Île de la Jatte
92521 Neuilly-sur-Seine Cedex
www.lire-en-serie.com

Maxence Fermine

la petite marchande de rêves

Michel Lafon

Illustrations

Les illustrations ont été réalisées dans le cadre d'un concours organisé par les éditions Michel Lafon. Nous remercions tous les participants pour la qualité de leur envoi et félicitons les gagnants :

Anne Bernasconi, p. 140
Laurence Deleersnyder, p. 26
Marilyn Delhaye, pp. 30 et 87
Alix Dewailly, p. 164
Léa Fermine, p. 38
Grazia Foglia, p. 132
Fiona Isljamaj, p. 71
Noémie Paul, pp. 83 et 118
Maïwenn Rivière, p. 157
José Ternier, p. 144

Je tiens à remercier tous les participants du concours d'illustration de ce livre. Même s'il a été difficile de faire un choix, tous les dessins étant de qualité, il était important à mes yeux de récompenser de jeunes talents. Merci à eux d'avoir donné vie à mes personnages avec autant d'imagination. Et merci à Éloïse et Florian, mes éditeurs, d'avoir eu l'idée de ce concours.

Maxence Fermine

Pour Léa qui a rêvé l'embryon de cette histoire,
et Julie qui l'aimera sans doute.
S'il vous plaît, ne grandissez pas trop vite.

Lorsqu'on disparaît pour la première fois,
on fait un rêve.
La deuxième fois, on ne rêve plus.
La troisième fois, on ne vit plus
que dans les rêves des gens qu'on a connus.

1

L'Auberge des Trois Brigands

Le onzième anniversaire de Malo fut un moment particulier, car c'est précisément ce jour-là qu'il disparut.

Malo était un petit gars de Paris plutôt grand pour son âge, très mince, les cheveux hirsutes, avec de grands yeux océan perdus dans les nuages. Le plus souvent, il était vêtu d'un jean, d'un polo rayé rouge et blanc et portait une paire de baskets. Comme il était enfant unique, il s'ennuyait un peu et aspirait depuis longtemps à une vie plus passionnante que celle que lui offraient ses parents, son école et sa vie de quartier. Or il ne savait pas encore quel tour funeste allait prendre son existence.

C'est vrai que pour beaucoup Malo ressemblait à un oisillon tombé du nid. Mais en dépit de sa faiblesse apparente, il avait une force incroyable, quelque chose de précieux et de rare : il passait sa vie à rêver.

Ses quelques amis, ainsi que ses professeurs au collège, le trouvaient bien souvent dans la lune, car c'est là qu'il aimait passer le plus clair de son temps. Il lui suffisait de pas grand-chose pour s'envoler. Il fermait les yeux et aussitôt il partait en voyage dans un pays nouveau, réel ou imaginaire. Une contrée désertique comme le Sahara, ou bien les étendues de glace de l'Alaska, ou encore les mers chaudes des Tropiques, un de ces endroits merveilleux aperçus sur un prospectus d'agence de voyages, une carte postale ou un livre de classe.

Son amie Clarisse, une petite fille très gaie et très vive, le trouvait original, fantasque, attachant, mais elle avait quelquefois du mal à le suivre. Elle prétendait avec justesse qu'il n'était pas souvent là, même lorsqu'il se trouvait à ses côtés.

– On dirait que tu planes toujours à quinze mille mètres, lui disait-elle. Tu dois en voir de beaux paysages, là-haut !

Quant à son meilleur ami, Antoine, un garçon plutôt posé et sérieux, il le trouvait tout simplement ailleurs.

– Ce serait bien si tu nous emmenais avec toi, ne serait-ce qu'une fois.

Les adultes, eux, tenaient un tout autre langage. Sur son bulletin de notes, les appréciations étaient toujours les mêmes :

Peut mieux faire.
Ne fournit aucun effort.
Passe son temps dans la lune.
N'apporte aucun soin à son travail.
Semble s'ennuyer en classe.

– Un étourdi-né ! lui lança un jour son professeur de mathématiques. Vous n'irez pas bien loin dans la vie. En tout cas, pas aussi loin que vos parents.

Malo ne disait rien, mais il lui semblait que ses parents, malgré leurs études et leurs métiers, n'étaient jamais allés très loin.

Son père était un brillant avocat d'affaires qui passait beaucoup de temps à son bureau, partait tôt le matin, rentrait tard le soir, une pile de documents sous le bras, et rejoignait ensuite ses amis du Club des Porteurs de cravates. Il ne voyait pas que son fils grandissait plus vite qu'une de ces fleurs tropicales qu'on cultivait dans les serres du Jardin des Plantes. Depuis longtemps, il avait oublié le pouvoir des songes. D'ailleurs, c'est à peine s'il avait encore le temps de rêver.

– Tu ferais mieux de te mettre au travail, si tu veux faire quelque chose de ta vie ! lui assenait-il quand il recevait le bulletin de notes de son fils.

Il faut dire que ce dernier comportait des résultats médiocres dans les matières scientifiques et des notes très moyennes ailleurs.

Quant à sa mère, si son travail d'assistante dentaire lui laissait un quelconque loisir, elle l'occupait à courir les boutiques de bijoux et de vêtements, à se regarder dans un miroir, ou encore à papoter avec ses amies autour d'une tasse de thé et d'une énorme assiette remplie d'éclairs à la crème et de gâteaux au chocolat.

– Cet enfant est constamment dans les nuages, affirmait-elle à qui voulait l'entendre.

– Si au moins on pouvait en faire un aviateur ! répondait son mari.

Ces deux-là, s'ils avaient su que leur fils unique allait disparaître le jour de ses onze ans, auraient sans doute adopté une attitude différente à son égard. Mais voilà, on ne pense pas à ce genre de choses.

Aussi, le matin de son anniversaire, les parents de Malo, comme chaque jour de leur existence, se préoccupèrent d'abord de leur personne.

– Il faut que je file au bureau. Je suis déjà terriblement en retard ! s'écria son père, lorgnant le cadran de l'horloge tout en nouant autour de son cou une cravate à motif écossais en pure laine vierge des îles Shetland.

– Moi aussi ! ajouta sa mère en enfilant une paire d'escarpins en cuir rouge qui, au vu de son regard dans le miroir de l'entrée, lui allaient à ravir.

– Bon anniversaire, Malo ! lui lança son père en l'embrassant au vol avant de quitter l'appartement en trombe, une mallette pleine de dossiers à la main, et de dévaler l'escalier quatre à quatre.

– N'oublie pas que nous avons rendez-vous à treize heures trente à la station de taxis, ajouta sa mère en l'embrassant sur le front.

Puis elle sortit à son tour sans attendre de réponse.

Comme Malo était en vacances, il n'avait bien entendu pas école. Une fois seul, le garçon soupira longuement en contemplant par la fenêtre du salon les toits de Paris qui lui parurent d'un gris de cendre. Il habitait un joli appartement avec vue sur la Seine et les tours de Notre-Dame. Malgré ce décor merveilleux, à l'inverse de ses parents qui avaient toujours mille choses à faire, lui se mourait d'ennui.

D'ordinaire, il aimait les anniversaires. Il est vrai qu'un après-midi entier à jouer, à s'empiffrer de sucreries et à recevoir des cadeaux est très agréable. Cette année, pourtant, il craignait le pire, car la fête ne se déroulerait pas dans le salon de l'appartement familial, mais dans un lieu inconnu : l'Auberge des Trois Brigands. C'est sa mère qui avait tout prévu grâce à une agence de loisirs dont elle avait reçu une brochure attrayante trois mois auparavant.

**VENEZ FÊTER VOTRE ANNIVERSAIRE
DANS L'UNE DES PLUS ANCIENNES
ET AUTHENTIQUES AUBERGES
DE LA VIEILLE VILLE.
FRAYEUR ASSURÉE ET AMUSEMENT
GARANTI !
AUBERGE DES TROIS BRIGANDS
7, RUE DE L'ARBRE-SEC
75001 PARIS**

La somme demandée pour un tel événement était conséquente, mais la mère de Malo avait trouvé original de proposer un goûter d'anniversaire effrayant et s'était dit que son fils serait ravi. Elle-même n'aurait pas à s'occuper de dix garnements, elle en profiterait d'ailleurs pour aller faire quelques emplettes dans cette nouvelle boutique de la rue de Rivoli, acheter cette ravissante robe à fleurs d'un grand couturier qu'elle avait vue en vitrine – après tout, son mari dépensait des sommes folles pour ses cravates, pourquoi ne ferait-elle pas de même pour ses robes ?

Forte de cette flopée d'arguments, elle avait aussitôt confirmé l'anniversaire avec l'agence. La veille, elle avait seulement confié à Malo que le lendemain il devrait s'attendre à une surprise de taille.

Malo, comme tous les enfants, aimait les surprises et les lieux inconnus. Mais le fait que tout ait été planifié, les cartons d'invitation, le goûter, les orangeades, les jeux, les cadeaux, qui plus est par une agence de loisirs, le laissait songeur.

– Quand tout est préparé, il n'y a plus beaucoup de place pour la fantaisie, avait-il fait remarquer à sa mère avec justesse.

Voilà pourquoi il se méfiait de cet anniversaire à l'Auberge des Trois Brigands.

L'après-midi de ce fameux jour, à treize heures trente précises, c'est donc un peu anxieux qu'il rejoignit sa mère à la station de taxis du boulevard Saint-Germain. Elle l'attendait en trépignant d'impatience.

– Enfin te voilà, mon chéri ! s'exclama-t-elle d'une voix flûtée en le voyant approcher à pas lents.

Au carrefour de l'Odéon, elle héla un taxi et fit monter Malo dans un véhicule de couleur noire. Puis, après avoir donné au chauffeur l'adresse de l'auberge qui se trouvait de l'autre côté de la Seine, elle se retourna vers son fils et conclut en l'embrassant :

– Bon anniversaire, Malo. Profite bien de cette journée. Tes amis t'attendent là-bas. Je les ai tous prévenus.

Et, sans tarder, elle claqua la porte et le taxi démarra aussitôt.

Lors du trajet qui le menait à l'Auberge des Trois Brigands, Malo resta muet comme une tombe. Il songeait au goûter d'anniversaire. Comme si on pouvait s'amuser sur commande ! Ces choses-là ne relèvent aucunement de la logique, et c'est bien ça qui l'inquiétait. Tout dépendrait de l'ambiance, de la bonne humeur de chacun et, bien sûr, de la magie du lieu. D'ailleurs, à quoi pouvait ressembler cette auberge ? Quelle idée saugrenue d'organiser un goûter d'anniversaire dans un endroit pareil !

Pour l'heure, tout ce qui l'intéressait était de savoir lesquels de ses amis sa mère avait invités. Et s'il y aurait de la charlotte aux poires, du coulis de framboises, des bonbons gélifiés, de la glace à la fraise et à la vanille, des rouleaux de réglisse, de la guimauve et du chocolat chaud comme l'an dernier. Quelle surprise de taille réservait donc cette auberge ? Et pourquoi portait-elle un nom aussi étrange ?

Le chauffeur de taxi qui, jusque-là, n'avait pas ouvert la bouche, comprit que le garçon était soucieux. Il lui lança plusieurs regards interrogateurs dans le rétroviseur, puis prit enfin la parole :

– Alors, mon petit gars, on dirait que tu n'es pas dans ton assiette. Quelque chose ne va pas ?

Malo sortit soudain de sa torpeur et répondit du tac au tac :

– C'est aujourd'hui mon anniversaire…

– Et alors ? C'est plutôt un heureux événement, non ? dit l'homme d'une voix enjouée.

– Oui, mais mes parents n'ont rien trouvé de mieux à faire que de me laisser seul et de m'envoyer je ne sais où retrouver je ne sais qui.

Le chauffeur de taxi hocha la tête en signe d'assentiment et, après quelques secondes de silence, fit observer :

– Peut-être qu'ils ont trop de travail…

– Oui, sans doute, mais il s'agit de mon anniversaire.

– Tu sais, quand on est adulte, on ne fait pas toujours ce qu'on veut.

– Et quand on est enfant, on n'a jamais le choix…

Le chauffeur de taxi ne sut que répondre. Embarrassé, il se tassa dans son siège. Dehors, l'automne jouait à emplir le monde de couleurs sombres.

– Quelle idée aussi de naître un 2 novembre ! s'exclama Malo en regardant par la fenêtre la pluie tomber. Pile le jour où on fête les disparus !

Malo ne croyait pas si bien dire. Car il lui restait très exactement dix-sept minutes avant de disparaître.

2

L'ACCIDENT

En ce début d'après-midi, une tempête menaçait de s'abattre sur Paris. Le ciel, en quelques minutes, s'était obscurci, le vent s'était mis à souffler en rafales, balayant tout sur son passage, et bientôt les feuilles mortes mêlées de pluie tourbillonnèrent sur la ville, la recouvrant d'une encre grisâtre et épaisse. Tout paraissait enveloppé d'un brouillard infini, les rues, les façades des immeubles, les gens et les automobiles. Comme si la couleur avait à jamais disparu. C'était d'une tristesse à pleurer des larmes couleur d'ardoise.

À quelques mètres du carrefour où le taxi était bloqué dans un embouteillage, un autobus avançait à vive allure dans le couloir de droite, tous phares allumés.

À 13h52, le taxi de Malo, profitant d'un répit dans la circulation, s'engagea sur le Pont-Neuf.

À 13 h 53, l'autobus parvint à hauteur du pont et fila à son tour, en sens inverse, sur l'arche enjambant la Seine. La tempête battait maintenant son plein et un déluge de pluie se déversait du ciel sur la chaussée.

À 13 h 54, le chauffeur de bus fit une embardée sur la gauche, empiéta sur la voie de circulation, dérapa sur une flaque d'eau et l'énorme véhicule glissa comme un patineur fou sur un lac gelé.

À 13 h 55, l'autobus percuta de plein fouet le taxi, et finit sa course contre le parapet du pont, à l'endroit précis où une âme romantique avait gravé dans la pierre un cœur à l'intérieur duquel il était inscrit :

À JULIETTE POUR LA VIE.

La voiture, sous la violence de l'impact, franchit le parapet et tomba dans la Seine où elle s'enfonça lentement. Le pare-brise explosa en mille éclats et l'eau envahit aussitôt l'habitacle.

À 13 h 56, le chauffeur de taxi, légèrement blessé, parvint à s'extraire de son véhicule et à remonter à la surface.

À 13 h 57, les premiers badauds s'agglutinèrent sur le pont.

À 13 h 58, un agent de police appela les secours, précisant qu'il y avait un blessé léger et un disparu. La brigade fluviale partit en trombe sur le lieu de l'accident.

À 14h05, un plongeur-secouriste localisa le véhicule au fond de l'eau et parvint à balayer de sa lampe torche l'habitacle. Mais, bizarrement, il n'y trouva aucune trace de l'enfant.

À 14h10, les pompiers de la brigade fluviale jugèrent que l'enfant avait, hélas ! disparu.

La vérité, c'est que pendant tout le temps que dura l'opération de sauvetage, Malo vécut une aventure extraordinaire. Dès que le taxi se fut couché dans le lit du fleuve, une bulle d'air de la taille d'un ballon de baudruche s'approcha de lui et se colla sur ses lèvres, lui permettant de continuer à respirer. Son regard fut attiré par une lumière bleue d'une intensité incroyable. L'enfant nagea vers elle et découvrit alors que l'étrange lumière provenait d'un hublot fixé au sol. Soulevant le couvercle de verre, Malo fut happé par un tourbillon et glissa le long d'un toboggan qui paraissait ne pas avoir de fin. Il eut beau crier, personne ne l'entendit. Tout se mit à tourner à une vitesse folle autour de lui. Son esprit dansa quelques secondes au milieu d'un halo d'étoiles. Puis l'enfant atterrit dans un endroit calme et blanc où régnait le silence le plus absolu.

Malo devait se rendre à l'évidence : il était passé dans un autre univers.

3

Première rencontre

Lorsque Malo sortit enfin de sa torpeur, il était seul en haut d'un pont en arc de cercle beaucoup plus petit et incurvé que celui sur lequel il se trouvait quelques instants auparavant, avant l'accident. Chose étrange, le sol était recouvert d'un épais tapis de neige scintillante, du moins le crut-il dans un premier temps car lorsqu'il se pencha vers le sol pour la saisir, la neige glissa entre ses doigts comme de minuscules grains de sable argentés. Plus incroyable encore, la neige était chaude et agréable au toucher. Et si le ciel était pâle, il y avait aussi des nuages vaporeux, légers comme du coton, un soleil blafard et une lune tout en diamants escortée par une pluie d'étoiles lançant dans leur sillage des gerbes d'étincelles. Les réverbères, tordus comme des branches d'arbre, éclairaient faiblement les parapets du pont surplombant un fleuve miniature où quelques péniches, à peine plus grandes que des boîtes d'allumettes, glissaient lentement sur l'eau.

À côté de lui, au milieu de ce décor de conte en noir et blanc, des bulles de couleur voletaient dans les airs.

– Quelle est donc cette magie ? s'écria-t-il.

Sans cesser de se demander si tout cela était bien réel, il traversa le pont en quelques enjambées et se retrouva bientôt dans une rue bordée d'immeubles biscornus.

La ville était étrangement déserte, comme si tous les habitants avaient fui ou restaient terrés dans leurs appartements. Seule la musique de ses pas sur la neige chaude et crépitante parvenait à lui faire croire qu'il ne rêvait pas tout éveillé.

Sans vraiment s'en rendre compte, il se retrouva bientôt dans un jardin public où vivait un arbre tout fripé. En passant devant lui, il crut l'entendre éternuer, mais il se dit que ce n'était pas possible : sans doute s'agissait-il simplement d'un souffle de vent, aussi passa-t-il son chemin.

– Alors, on ne dit pas bonjour ? fit une voix dans son dos.

Malo se retourna et découvrit, ahuri, l'arbre qui se mouchait bruyamment dans ses branches mortes.

– Qui m'a parlé ?

– C'est moi, répondit l'arbre. Allons, mauvaise graine, ne reste pas planté là comme une souche et viens me saluer.

Malo s'approcha, hagard, et demanda :

– Qui êtes-vous ?

– On me nomme Arthur.

Un arbre qui s'appelait Arthur et qui avait le don de parole, voilà qui était bien curieux.

– Depuis quand les arbres parlent-ils ?

– Depuis toujours. Hélas ! les hommes ne prennent guère le temps de les écouter. C'est normal, avec leurs jambes, ils sont toujours pressés d'aller ailleurs. Et le pire, c'est que, lorsqu'ils y sont, ils ne s'y plaisent guère et partent voir encore ailleurs. Les hommes manquent de sagesse.

– Mais c'est bien pratique, une paire de jambes. Sinon, comment aurais-je pu venir jusqu'à vous si j'avais pris racine quelque part ?

– C'est vrai, fit l'arbre. Je n'y avais pas pensé. Disons que, quelquefois, il est nécessaire d'avoir des jambes pour se déplacer, et que quelquefois cela ne sert qu'à créer des ennuis.

– Je suis d'accord avec vous, fit Malo qui ne voulait pas vexer l'arbre.

– Qu'est-ce que ça fait d'avoir des jambes ? Je veux dire, est-ce que ça démange ?

– Non, pas du tout.

– Moi je n'aimerais pas en avoir. Cela doit être désagréable. Un tronc, c'est plus solide. Les jambes, c'est fragile comme du verre, on peut s'en casser une à toute occasion.

– Moi, ça ne m'est jamais arrivé.

– C'est que tu as l'écorce solide.

Malo enchaîna :

– C'est curieux une conversation avec un arbre.

– Oh ! fit Arthur en se rengorgeant, c'est que je ne suis pas n'importe quel arbre.

– Ah bon ?

– D'abord je suis un chêne. C'est très solide, un chêne.

– C'est possible.

– Et puis j'ai fait mes humanités au pays des arbres. Cela ne date pas d'hier, puisque ça fait plus de trois siècles qu'on m'a planté ici.

– Trois siècles ? Vous ne faites pas du tout votre âge.

– Je suis pourtant un peu faible. Tiens, pas plus tard que ce matin, le vent est passé par ici et, en parlant avec lui, je me suis enrhumé.

Ce disant, il éternua au visage de Malo qui reçut en pleine figure une giclée de sève.

– Je suis désolé, s'excusa l'arbre, je n'ai même pas une feuille à te donner pour t'essuyer. C'est moche, cette horrible saison d'automne. Tout mon feuillage est tombé et me voilà nu comme un ver.

Malo s'essuya du revers de sa manche. Puis, reculant de trois pas, il s'apprêtait à continuer son chemin.

– Tu t'en vas déjà ? dit l'arbre, un peu dépité.

– C'est que j'ai un rendez-vous. Je dois me rendre à un goûter d'anniversaire.

– Quelle chance tu as ! J'adore les anniversaires. Moi-même, pour mes trois cents ans, j'ai fait une fête terrible. J'avais invité tous les oiseaux du quartier à venir nicher dans mes branches.

– Ça devait être chouette, fit Malo.

– Non, il n'y avait pas de chouette, mais un vieux hibou qui roule de gros yeux et fait peur aux moineaux. Il y avait de la tarte à la sève et de la tourte aux glands. C'était un bel anniversaire.

– Je n'en doute pas. Bon, je dois y aller. Au revoir, monsieur le chêne tricentenaire.

– Tu peux m'appeler Arthur. Au fait, à quelle adresse te rends-tu ?

– Rue de l'Arbre-Sec.

Arthur leva ses branches au ciel et prit un air dépité.

– Ah ! Je le connais, celui-là. Il est très imbu de sa personne.

– Vraiment ?

– Oui. Sous le prétexte qu'il est le seul arbre dans toute la rue, il se croit supérieur aux autres. Pourtant, ce n'est qu'un petit acacia rabougri qui n'a aucune conversation intéressante. Forcément, lorsqu'on reste si longtemps seul… À ta place, je ne m'intéresserais pas à lui.

– Très bien, je suivrai vos conseils. Où se trouve donc cette rue ?

– Pour s'y rendre, rien de plus simple. Tu comptes deux réverbères, tu tournes à gauche, puis trois autres réverbères, à droite et tu y es.

– Merci et à un de ces jours, dit Malo en s'éloignant.

– Oh, tu peux revenir quand tu veux, fit Arthur. Moi je ne bouge pas d'ici.

4

Le chat Mercator

Les indications d'Arthur étant excellentes, Malo se retrouva bientôt dans la rue de l'Arbre-Sec. Il n'y avait personne à part l'acacia qui trônait fièrement sur une place, devant un magasin de jouets. Dans la vitrine, un petit soldat de plomb se tenait à côté d'une ballerine, non loin d'un clown occupé à jongler avec trois balles. Pourtant, l'acacia ne regardait nullement les objets à l'intérieur, mais s'admirait dans la vitrine.

– Comme je suis beau, et grand, et vaillant ! se pâmait-il.

Malo, décidant d'ignorer ce fat personnage, passa devant lui sans faire de bruit et se retrouva bientôt devant le numéro 7.

L'Auberge des Trois Brigands était un vieux bâtiment de trois étages tout en hauteur. La façade à colombages comportait trois fenêtres de formes différentes. La première était triangulaire, la deuxième en losange, quant à la troisième elle était en œil-de-bœuf. Chose plus curieuse encore, derrière chacune d'elles se profilait la silhouette inquiétante d'un des trois brigands. Le premier portait une large cicatrice au visage, le deuxième avait un œil de verre, mais Malo frissonna lorsque le troisième lui fit face. Il était d'une laideur repoussante et n'avait plus de nez.

Peu rassuré, Malo poussa quand même la porte et entra dans l'auberge. Il tenta de se persuader qu'il s'agissait sans doute d'une attraction comme on en voit à la fête foraine, mais il tremblait encore en pénétrant dans le vestibule. Passé une seconde porte, il découvrit une salle plongée dans une semi-obscurité qui ne fit qu'augmenter ses craintes. Heureusement, une dizaine de candélabres fixés aux murs éclairaient faiblement la pièce grâce à la lueur des bougies.

Malgré la pénombre, Malo étudia minutieusement les objets qui l'entouraient. Une dizaine de tables en chêne toutes tordues, des bancs en forme de spirale, des tableaux dont les personnages changeaient de mimique à tout instant, bref de quoi perdre la tête. Contre le mur du fond, un grand rideau de velours était suspendu d'un bout à l'autre de la salle. Sur la gauche, près d'un piano mécanique égrenant une musique enjouée, un large comptoir derrière lequel trônaient verres, bouteilles et carafes qui dansaient la java sur les étagères en chantant des comptines. Enfin, sur le mur de droite, un guichet de réception sur lequel était posée une sonnette entre un gros cahier à la couverture noire et un chandelier en argent.

Quel était donc cet endroit étrange ? Et pourquoi était-il seul ? Il était un peu plus de quatorze heures trente. C'était justement l'heure à laquelle sa mère avait convié tous ses amis. Et pourtant, il n'y avait pas un chat. Du moins était-ce une façon de parler, car justement il y en avait un, de chat, et plutôt impressionnant puisqu'il avait la taille d'un lionceau. Un énorme matou dormait sur un tabouret adossé au comptoir, la tête enfouie dans ses pattes de devant, ronronnant comme une chaudière.

– Il n'y a donc personne dans cette auberge ? lança Malo en s'avançant à pas de loup dans la salle.

Du plat de la main, il frappa la sonnette qui tinta timidement. C'est alors qu'une voix venue d'on ne sait où déchira le silence :

– Dois-je comprendre que, pour un petit gars comme toi, je ne suis personne ?

La voix était si grave et glaçante que l'enfant en sursauta d'effroi.

– Qui a parlé ? demanda-t-il en scrutant la salle plongée dans l'obscurité.

Impossible de deviner d'où provenait la voix, car le son rauque se répercutait sur les parois de la pièce et finissait immanquablement par se perdre dans les flammèches argentées des candélabres.

– Moi. Qui d'autre, pardi, aurais-tu voulu que ce fût ? À moins que tu ne croies, comme tous les ignorants de ton espèce, que les pianos mécaniques soient en mesure de parler !

– Où êtes-vous ?

– Ici, répondit la voix.

– Où donc ?

– Derrière toi.

Malo fit volte-face et découvrit avec stupeur son interlocuteur. C'était le chat sur le tabouret.

Le matou n'était plus du tout endormi, mais se tenait assis, les jambes croisées, un fume-cigarette à la patte. Sa bouche exhalait de petits ronds de fumée. Il avait de larges yeux jaunes, de fines moustaches grises, des griffes acérées et, disséminées dans son pelage, quelques taches blanches comme de la neige.

– Un chat qui parle, et qui fume ? Quel est donc ce miracle ?

– Je suis, hélas, désolé de te l'apprendre, mais il n'y a aucun prodige. Pour moi, ces deux choses sont naturelles. Je fume depuis plus de soixante-quinze ans, et parle depuis bien plus longtemps encore.

Après tout, se dit Malo une fois passé le premier instant de surprise, *je connais bien deux arbres doués de parole. Alors pourquoi pas un chat ?*

– Qui êtes-vous donc, monsieur le chat qui parle et qui fume ?

Le chat prit un air digne et s'exclama :

– Mon nom est Mercator et je réside dans cette auberge depuis sa création ! En quelque sorte, je fais partie des murs.

– Vous plaisantez ?

Le chat fit de gros yeux et sortit ses griffes qui étincelèrent à la lueur des bougies.

– Ai-je une tête à plaisanter ?

– Non, bien sûr, admit Malo en reculant de quelques pas.

– Alors tu dois te faire une raison et accepter l'inacceptable. Depuis la mort de mon maître et de ses deux compagnons, il y a deux cents ans de cela, je n'ai pratiquement jamais bougé de cet établissement.

Malo se remémora la figure affreuse des trois brigands et comprit que le chat avait appartenu à l'un d'eux.

– Quel âge avez-vous donc, si ce n'est pas indiscret ?

Mercator tira sur son fume-cigarette, leva les yeux au plafond, se lissa le menton avec sa patte et, après avoir mûrement réfléchi, annonça :

– Je viens tout juste de fêter mes deux cent treize ans.

– Je connais un arbre qui est plus vieux que vous. Il a plus de trois cents ans.

– C'est dans l'ordre des choses. Les chats vivent moins vieux que les arbres.

– Je croyais pourtant qu'un chat ne vivait pas plus d'une vingtaine d'années.

– Tu oublies un peu vite qu'un chat possède neuf vies. J'en ai déjà gaspillé huit, c'est pourquoi je me ménage un peu aujourd'hui, même si je suis de nature robuste…

– Vraiment ?

– Oui, c'est la vérité, répondit avec aplomb Mercator.

Puis, tout en comptant sur le bout de ses griffes il énuméra :

– Je suis mort trois fois de vieillesse, deux fois empoisonné, une fois d'une crise cardiaque, une autre fois écorché vif, et une dernière fois écrasé par un autobus…

– On devrait toujours se méfier des autobus, j'en sais quelque chose, fit remarquer Malo.

– C'est vrai... Aussi, vois-tu, je fais désormais très attention à ne pas prendre de risques inutiles... On est imprudent lorsqu'on est jeune, et depuis que j'ai passé mes deux cents ans, je me dois d'être un peu moins intrépide. C'est pourquoi je ne sors presque plus de cette auberge. L'aventure, ce n'est plus de mon âge.

Malo adressa un regard respectueux au félin, puis engloba la salle d'un coup d'œil.

– Et vous ne vous ennuyez jamais enfermé entre ces quatre murs ?

Le chat ouvrit de larges yeux :

– Oh si ! Bien sûr que si. J'ai beau dormir dix-huit heures par jour, je m'ennuie très souvent pendant les six heures passées avant de retourner me coucher. Et puis je n'ai plus la jeunesse de mes cent ans. Il m'arrive parfois de me réveiller en pleine sieste. C'est très fâcheux.

Après deux arbres parleurs, un chat fumeur qui en était à sa neuvième vie, voilà qui laissait Malo sans voix. Ce qui est bien compréhensible lorsqu'on est un petit garçon de onze ans qui vient de pénétrer dans un pays imaginaire.

– Tout cela paraît incroyable... confia Malo.

– Sans doute, mais c'est pourtant l'exacte vérité ! rétorqua Mercator en recrachant une bouffée de tabac qui fit tousser Malo.

Puis, après avoir fait tomber la cendre de sa cigarette sur le parquet, le matou interrogea l'enfant sur un ton inquisiteur :

– Mais toi, qui es-tu ? Il ne me semble pas t'avoir déjà vu ici.

– C'est vrai, c'est la première fois que je me rends dans cette auberge. Je me nomme Malo. Et je viens ici pour mon goûter d'anniversaire.

Le chat fit alors un geste étrange pour un félin : il se gratta le front et, comme s'il se creusait les méninges, répéta à plusieurs reprises :

– Malo… Malo… Non, décidément, ce nom ne me dit rien. Es-tu certain d'avoir réservé ?

– Bien entendu. Du moins, ma mère s'est occupée de tout.

– Nous allons voir ça.

Le chat chaussa ses lunettes, saisit entre ses pattes poilues le registre à la couverture noire, souffla dessus pour en ôter la poussière, ce qui fit tousser l'enfant de nouveau et, à la lueur d'une bougie, commença à le feuilleter avec une agilité remarquable. Parvenu à la page du 2 novembre, il lut et relut en secouant la tête de droite à gauche.

– Je suis désolé, fit Mercator en refermant le registre d'un geste brusque. Il y a bien une réservation pour un anniversaire aujourd'hui, mais elle a été annulée à la dernière minute, à cause d'un accident entre un taxi et un autobus. L'enfant a disparu sous les eaux.

À ces mots, Malo sursauta :

– C'est l'accident dans lequel j'ai été impliqué ! s'empressa-t-il de répondre. Mais comme vous le voyez, j'en ai réchappé. Grâce à un hublot au fond de la Seine, j'ai pu emprunter un toboggan qui m'a conduit jusqu'ici.

Le museau du chat s'illumina d'un large sourire.

– Dans ce cas, ça change tout. Tu as trouvé le passage secret et tu es arrivé chez nous. Bienvenue au Royaume des Ombres !

5

Le Royaume des Ombres

Malo accueillit la nouvelle en fronçant les sourcils d'étonnement :

– Le Royaume des Ombres ?

Le museau de Mercator se renfrogna. Il déclara aussitôt :

– Oui. C'est le nom de notre contrée.

– Mais pour quelle raison suis-je ici ?

– Je suis au regret de t'annoncer que tu viens de disparaître du monde réel.

L'enfant se montra incrédule :

– Je ne vous crois pas. Je n'ai pas disparu. La preuve, je suis devant vous.

Le chat s'esclaffa comme si ce jeune freluquet venait de lui raconter une blague.

– Allons, ne fais pas l'idiot ! Je sais bien qu'il est difficile d'admettre qu'on vient de disparaître du monde réel, surtout lorsqu'il s'agit de la première fois. Mais il y a des signes qui ne trompent pas.

– Lesquels ?

– Primo, depuis ton arrivée dans notre contrée, ne vois-tu pas le monde extérieur en noir et blanc ?

– Oui, c'est vrai, mais en quoi cela prouve-t-il que j'ai disparu ?

– Au Royaume des Ombres, la couleur n'existe pas, sauf en de très rares occasions…

Cette première affirmation était tout ce qu'il y a de plus vrai. Ce pays ressemblait à un décor de cinéma muet.

– Secundo… n'as-tu pas l'impression, depuis ton passage dans le hublot, que ce monde est magique ?

Cette deuxième preuve laissa Malo hagard. Il n'avait jamais touché de neige chaude, ni vu de péniches grandes comme des boîtes d'allumettes, ou de réverbères tordus.

– Et puis, tertio, crois-tu que les hublots existent au fond de la Seine ?

Malo se souvint avec quelle puissance il avait été attiré par une lumière bleue puis happé dans ce toboggan. Tout cela était effectivement étrange.

– Enfin, assena Mercator, si tout cela ne suffisait pas à te convaincre, crois-tu que les chats et les arbres parlent dans la vie réelle ?

Les paroles du chat firent mouche. Force lui était d'admettre que ce singulier matou avait raison. L'enfant était donc bien dans un monde imaginaire.

– C'est donc vrai ? J'ai disparu ?

– Oui… mais ce n'est pas si grave…

– Pourquoi donc ?

– Parce que, vois-tu, on a tous le droit de faire un jour un voyage dans un pays imaginaire.

– Et quel est donc ce pays dans lequel j'ai atterri ?

– Le Royaume des Ombres est une contrée où vivent les ombres et les spectres. Les ombres, tout comme toi, ne sont que de passage. Tandis que les spectres ne partiront jamais d'ici.

Mercator sortit alors de son pelage un imprimé sur lequel étaient écrites en lettres gothiques ces quelques phrases mystérieuses :

Lorsqu'on disparaît pour la première fois, on fait un rêve.
La deuxième fois, on ne rêve plus.

La troisième fois, on ne vit plus que dans les rêves des gens qu'on a connus.

– Qu'est-ce que ce charabia veut dire ?

– Ce charabia, vois-tu, est la première loi du code du Royaume des Ombres. Un texte sacré qui délivre la première vérité à connaître lorsqu'on pénètre dans notre royaume : tu es en train de rêver.

– Mais pourtant, je ne rêve pas puisque je vous parle !

– Mon pauvre Malo ! s'exclama Mercator en levant les pattes au ciel, ne sais-tu pas qu'on peut parler même en faisant un rêve ?

Comme Malo restait silencieux, le matou ajouta :

– Le principal, c'est que tu acceptes ce passage dans le Royaume des Ombres avant de retourner un jour dans le monde réel.

– Combien de temps dois-je rester ici ?

– Cela, nul ne le sait. Je dirais… entre quelques secondes et quelques siècles.

– Quelques siècles ! Mais c'est très long ! s'exclama l'enfant sur un ton désespéré.

Mercator rassura aussitôt Malo :

– Peu importe le temps. Ce qui compte, c'est ce que tu vas y apprendre et que tu pourras utiliser plus tard dans la vraie vie. Disparaître peut parfois s'avérer bénéfique. Cela remet les choses en place, un peu comme lorsqu'on démonte puis remonte les engrenages d'une pendule pour la réparer. Tu verras, lorsque tu retourneras chez toi, tu auras appris beaucoup de choses.

– Peut-être, mais je préférerais savoir comment on sort d'ici.

– Dans ce cas, à toi de te montrer malin et de retrouver le hublot qui te ramènera chez toi…

Mercator sauta alors du tabouret avec agilité et retomba à quatre pattes sur le sol. Passant devant l'enfant abasourdi, il lui lança une œillade et l'invita à le suivre vers le fond de la salle.

– Je t'en ai assez dit… Maintenant, oublions un peu les choses sérieuses et commençons la fête. Surprise !

Le chat souleva un pan du rideau de velours et Malo découvrit, émerveillé, une estrade avec un énorme gâteau d'anniversaire à la framboise rubis sur lequel on avait planté onze bougies à la guimauve. Il y avait là une dizaine d'enfants, tenant chacun à la main un paquet-cadeau entouré d'un gros ruban. Ce n'étaient pas ses amis, mais ils leur ressemblaient étrangement. Lorsque Malo s'avança vers eux, ils s'écrièrent en chœur :

– Joyeux anniversaire !

Alors, conscient qu'il s'agissait là du plus singulier et du plus extraordinaire anniversaire qu'il ait jamais connu, Malo versa ses premières larmes de bonheur depuis son arrivée au Royaume des Ombres.

6

LE GOÛTER D'ANNIVERSAIRE

Le goûter d'anniversaire se déroula à merveille. Il y avait de l'orangeade, de la citronnade, de la grenadine, des cakes aux raisins secs, du chocolat chaud, des glaces à la vanille et à la pistache, de la marmelade, de la confiture de rhubarbe et des bonbons pimentés à la groseille.

Malo ouvrit chacun de ses cadeaux et comprit à quel point ses nouveaux amis étaient espiègles et joueurs. En lieu et place de soldats de plomb, de ballons ou bien encore de jeux d'échecs, cadeaux habituels pour les garçons de son âge, il eut droit à un vieux grimoire traitant de magie, à une paire de jumelles cassées et à une curieuse boîte de conserve contenant des maquereaux à l'escabèche.

– Eh bien, si je m'attendais à ça !

– Ça te plaît ? demanda un curieux garçon répondant au nom d'Archibald, qui ressemblait comme deux gouttes d'eau à son copain Antoine, avec un monocle à l'œil droit, un chapeau melon et une cravate qu'il avait nouée de travers.

– Oui, c'est plutôt original.

– Bien sûr, les maquereaux sont meilleurs à la moutarde d'estragon, mais j'ai un faible pour l'escabèche... fit-il en se pourléchant.

– Merci beaucoup.

– Alors comme ça tu es nouveau parmi nous ? dit une voix douce.

Malo se retourna et découvrit une très belle jeune fille. Elle était colorée au milieu d'un décor en noir et blanc. Elle portait une robe couleur de neige, des collants verts et des chaussures violettes. Signes particuliers, elle avait de longs cheveux bruns dressés sur la tête, comme électrifiés, et un regard d'or. Elle rayonnait comme un soleil en pleine grisaille. Cette fille était le portrait craché de Clarisse, sa meilleure amie, mais en plus fantaisiste.

– Oui, c'est la première fois que je viens dans cette auberge...

– Non, je veux parler du Royaume des Ombres.

Comme Malo, embarrassé, ne savait que répondre, elle poursuivit sur le ton de la confidence :

– Je m'appelle Lili. Tu verras, c'est assez chouette ici. Le décor manque un peu de rêves et de couleurs, c'est vrai, mais on s'y fait très bien.

– D'autant que les rêves en couleurs, ça se trouve, même au Royaume des Ombres, n'est-ce pas, Lili ?

Ce n'était pas Archibald qui avait ouvert la bouche, mais un garçon à la carrure impressionnante et au regard inquiétant. Le genre que Malo n'aimait pas, qui cherche à chaque récréation à terroriser un plus petit que lui pour faire le malin. Penché au-dessus du piano mécanique, une casquette vissée sur le crâne, il faisait semblant de pianoter sur le clavier tout en observant le nouveau venu avec une attention particulière.

– Que veux-tu dire ? demanda Malo, intéressé.

Le garçon se leva de son tabouret et, déboulant comme un tigre, lui répondit :

– Lili connaît un endroit où l'on peut acheter toutes les couleurs qu'on veut, à condition d'y mettre le prix.

Lili le foudroya de son regard d'or, mais le garçon continua :

– N'as-tu jamais entendu parler de La Petite Boutique des rêv… ?

– N'écoute pas ce menteur de Charlie, le coupa soudain Archibald, il cherche à t'entourlouper.

Cette intervention ne plut guère à l'intéressé qui se rua sur Archibald, l'empoigna par la cravate et lui cracha au visage :

– Toi, le gommeux, tu ferais mieux de la boucler !

– Mais lâche-moi, je vais étouffer !

– Oui, lâche-le ! s'écria Lili. Tu vois bien que tu lui fais mal !

Charlie, loin d'obtempérer, resserra son emprise jusqu'à ce qu'Archibald suffoque.

Intrigué par le chahut, Mercator, à l'autre bout de la salle, fondit sur eux en quelques bonds.

– Allons, est-ce bientôt fini, ces enfantillages ?

– C'est lui qui a commencé en m'insultant, dit Charlie.

– Ce n'est pas vrai, le défendit Lili – car Archibald, encore sous le choc, ne pouvait proférer la moindre parole –, c'est Charlie qui a commencé.

– Peu importe, fit Mercator. Vous devriez avoir honte de vous comporter ainsi devant Malo qui vient tout juste d'arriver dans notre pays. Que doit-il penser de nous ?

À ces mots, Charlie se résigna. Il relâcha Archibald qui put enfin reprendre son souffle, et la bagarre en resta là. Bientôt, tout rentra dans l'ordre et la fête put continuer sans le moindre incident.

– Excuse-les, dit Lili en s'approchant de Malo. Ce sont des garçons, et ils ne pensent qu'à se battre, surtout Charlie. Ils sont un peu bêtes, mais au fond ils ne sont pas si méchants...

– Si tu le dis...

Un air de musique se fit soudain entendre dans l'auberge. Lili ouvrit de larges yeux et lança à brûle-pourpoint :

– Maintenant, si on les oubliait un peu et qu'on allait danser ?

Avant que Malo puisse réagir, la jeune fille l'avait pris par la main et entraîné sur la piste pour un rock endiablé. Puis ce fut un slow langoureux. Lili en profita pour glisser à l'oreille de Malo quelques conseils précieux :

– Il faut faire attention où tu mets les pieds.

Croyant qu'il marchait sur les siens, l'enfant se recula brusquement. Lili éclata de rire.

– Mais non. Je veux dire, dans la vie en général. Par exemple, au Royaume des Ombres il faut se méfier des spectres.

– Les spectres ?

– Oui. Nous, nous ne sommes que des ombres de passage. Les spectres, eux, sont différents. Ils sont nés ici et ne partiront jamais de ce pays, aussi n'ont-ils plus rien à perdre.

– À quoi les reconnaît-on, ces spectres ?

– C'est très simple, conclut Lili en arborant un large sourire. Si quelqu'un te veut du mal, tu sauras que c'en est un.

– Je ferai attention, rétorqua Malo.

Et il plongea son nez dans la chevelure de la jeune fille qui sentait bon la cannelle, le frangipanier et la banane flambée. Rien de plus normal puisqu'on passait maintenant un disque de musique des îles.

7

La boussole magique

Malo et Lili dansèrent ainsi tout l'après-midi sur des airs entraînants, et Archibald et Charlie se réconcilièrent au moment de passer au gâteau à la framboise rubis. Chacun des deux chenapans en dévora une part énorme et la trouva délicieuse, en dépit d'un arrière-goût de pierre précieuse. Enfin, le goûter terminé, on joua à colin-maillard, aux ombres chinoises et à cligne-musette.

Ce fut Malo qui, le premier, appliqua un bandeau sur ses yeux et se mit à chercher ses amis. Après avoir effleuré du bout des doigts Mercator, qu'il reconnut à son pelage, il attrapa Archibald par sa cravate et parvint à trouver Lili qui s'était cachée sous la table.

Aux ombres chinoises, Mercator se révéla imbattable. À la lueur d'une bougie, et à l'aide de ses deux pattes avant, il projeta sur le mur blanc face à lui des images d'animaux comme la gueule ouverte d'un loup, un chien qui aboie ou le museau d'un chat fumant une cigarette. Mais là, il trichait car il s'agissait tout bonnement de son ombre. Malo, quant à lui, se contenta de dessiner une ombre de souris avec son pouce et son index.

Enfin, à cligne-musette, qui est l'ancien nom du jeu de cache-cache, ce fut Lili la plus douée. Elle parvint à se glisser sous l'estrade et personne ne la trouva pendant de longues minutes, pas même Mercator qui, pourtant, connaissait l'auberge comme sa poche.

Archibald et Charlie proposèrent pour terminer de jouer aux cartes, et tout le monde acquiesça. Chacun s'assit sur un banc en spirale autour de la table. On joua au menteur, au président et au huit américain.

Bref, ce fut un anniversaire extraordinaire et Malo, pris au jeu, aurait voulu qu'il ne se terminât jamais. Mais lorsque dix-huit heures sonnèrent au cadran de l'horloge, qu'un vilain corbeau tout fripé et à ressort sortit de son ventre de bois en hurlant : « Dépêchez-vous ! Ils arrivent ! », tous les invités prirent la poudre d'escampette sans la moindre explication.

– C'est qu'il se fait tard ! confia Lili à Malo avant de quitter l'auberge comme s'il y avait le feu.

– Oui, dit Archibald en ajustant son monocle et en lui emboîtant le pas. Bonsoir Malo et à la prochaine !

– Bon, ça n'est pas tout ça les gars, mais il faut que je me tire ailleurs, fit Charlie.

Et, sur cette lancée, la salle se vida en un clin d'œil, à l'exception de Malo et de Mercator nageant au milieu d'une mer de morceaux de gâteaux écrasés et de verres renversés d'orangeade, de citronnade et de grenadine.

– Il est déjà six heures ? C'est fou comme le temps passe, dit Mercator en reconduisant l'enfant jusqu'à la porte d'entrée.

– Mais enfin, quelle mouche vous pique donc tous ? demanda Malo, déçu que tout le monde s'en aille.

Il avait un peu d'amertume dans la voix et semblait décontenancé, car il ne comprenait rien à ce soudain revirement après un moment si agréable passé ensemble.

Mercator s'arrêta à mi-chemin, se gratta le menton d'un air dubitatif et répondit :

– Tu veux vraiment savoir ?

– Oui.

– Dans ce cas, suis-moi, et tu comprendras.

Le chat fit volte-face, se dirigea vers le fond de la salle et ouvrit une trappe secrète qui menait à la cave de l'auberge.

– Penche-toi et regarde.

Malo découvrit alors, attablés autour d'un festin, les trois affreux brigands dont il avait croisé le chemin quelques heures plus tôt. Malgré leurs affreuses figures et leurs cicatrices, la vision horrible des trois brigands buvant et mangeant ne l'horrifia pas outre mesure.

– L'Auberge des Trois Brigands, expliqua Mercator, se nomme ainsi parce qu'elle a été construite en lieu et place où vivaient trois fameux brigands, voleurs, crapules de la pire espèce, dont mon maître, qui ont juré de venir hanter cet endroit.

Malo, éberlué, écoutait Mercator avec attention tout en observant les trois brigands. Le premier d'entre eux versait à boire aux deux autres qui riaient à gorge déployée.

– Ces trois-là, comme tu peux le constater, ont tenu parole. Depuis plus de deux cents ans, ils ont pour coutume de réapparaître chaque soir dans cette auberge et d'y prendre leur repas – composé de pâté en croûte, de saucisses au chou et de tarte à la myrtille, le tout arrosé de vin rouge. À dix-huit heures précises, ils se montrent de joyeux convives. Enfin, au douzième coup de minuit, ils quittent la table, s'endorment sur place avant de disparaître jusqu'aux prochaines agapes. Aussi n'y a-t-il jamais personne ici le soir.

Mercator, après avoir refermé la trappe, s'approcha de Malo et lui confia à mi-voix :

– Bien sûr, ce sont des spectres. Et les spectres portent malheur à ceux qui croisent leur chemin. Ils le savent, aussi en usent-ils à loisir.

L'enfant jeta un regard désabusé au chat qui, tout à sa révélation, lissait ses moustaches avec jubilation, et déclara :

– Je ne voudrais pas tomber entre leurs mains. Ils ont l'air de vrais brigands.

– Mais ce sont de vrais brigands ! Et ils pourraient te faire beaucoup de mal ! Par exemple, ils pourraient t'attacher à une chaise et te chatouiller la plante des pieds avec une plume d'oie des heures durant. Ou te forcer à boire du jus de betterave, de la liqueur de navet ou du sirop de grenouille !

À ces mots, Malo déglutit avec une moue de dégoût.

– Du sirop de grenouille, quelle horreur !

– Oui, tu n'imagines pas ce qu'ils m'ont fait lorsqu'ils m'ont attrapé, il y a cinquante ans de cela.

Comme Malo restait muet, le chat poursuivit :

– Ils m'ont forcé à prendre un bain ! Moi qui déteste l'eau ! Ah, les scélérats !

Mercator grimaça à l'évocation de ce mauvais souvenir, réfléchit quelques secondes et proposa à l'enfant :

– J'ai conscience que tu manques d'expérience. Après tout, tu es nouveau ici, le Royaume des Ombres est un endroit tout à fait extraordinaire, mais on peut y faire tant de mauvaises rencontres… Aussi suis-je prêt à t'aider en t'offrant un objet qui pourra te guider et t'éviter bien des ennuis.

Le chat sembla un instant fouiller dans son pelage, puis en ressortit un instrument de la taille d'une montre à gousset.

– Ceci est une boussole magique, dit Mercator en présentant à Malo un objet tout en longueur et cerclé de fer.

Cette boussole un peu particulière ne possédait pas une aiguille, mais deux. L'une, comme il se doit, indiquait le nord. Mais la seconde, chose incroyable, tournait comme une toupie dès qu'on déplaçait l'objet et ne pointait jamais deux fois dans la même direction. Tantôt c'était le sud-ouest, et l'instant d'après le nord-est.

– Pourquoi cette forme allongée ? Et pourquoi deux aiguilles ? demanda l'enfant, intrigué.

Le chat, amusé, répondit avec un large sourire :

– Parce que, justement, elle est magique. Dès que tu t'interrogeras sur la direction à prendre, la grande aiguille indiquera le nord magnétique et te servira de repère, et la petite te désignera l'endroit où il faut te rendre…

– C'est extraordinaire !

– Tu peux le dire. Il n'y en a pas beaucoup comme cela, crois-moi. Maintenant, elle est à toi. Surtout, fais-en bon usage.

Malo remercia Mercator en le serrant contre lui jusqu'à l'étouffer.

– Hé là ! Pas trop d'effusions de ce genre, mon ami. Tu oublies que je ne suis plus de la première jeunesse, s'exclama le chat en défroissant son pelage. Tu aurais pu me briser les os.

– Pardonnez-moi. Je ne voulais pas vous faire de mal.

– Bon, ça ira pour cette fois. Maintenant, file ! Bon vent à toi.

L'enfant jeta un dernier coup d'œil à Mercator et se dirigea vers la sortie. Dehors, la nuit était tombée depuis quelques minutes. La lune en diamants étant rangée pour quelques heures dans son écrin de nuages, seuls les réverbères tordus donnaient un faible éclairage aux rues.

– Souviens-toi, conclut le chat avant de disparaître dans la nature, c'est la seconde aiguille de la boussole qui te servira de guide.

Puis Mercator disparut de son champ de vision et Malo se retrouva seul dans la rue de l'Arbre-Sec.

8

Les boîtes à bonheur

Au moment de quitter l'Auberge des Trois Brigands, Malo se rendit compte à quel point déambuler dans le Royaume des Ombres pouvait être plaisant et effrayant en même temps. Tout était en noir et blanc autour de lui, les immeubles comme les vitrines des magasins, et il régnait une sorte d'épais brouillard. Pourtant il ne faisait pas froid. De la neige chaude crissait sous ses pas et la faible lueur des réverbères tordus jouait à faire glisser son ombre inquiétante sur les murs.

Il n'était ici que depuis quelques heures, et déjà son existence en était transformée, comme s'il était passé d'une leçon d'algèbre à une cour de récréation, d'une salle de classe à un parc d'attractions avec ses trains fantômes, ses palais des glaces et ses montagnes russes.

Bien entendu, il craignait de rencontrer un de ces redoutables spectres, mais pour l'heure la rue était déserte, à l'exception de l'arbre sec qui, ballotté par le vent, semblait secouer ses branches mortes en se mirant toujours dans la vitrine du magasin de jouets.

Malo passa devant lui sans rien dire.

– Bonsoir, dit l'arbre sec, qui avait besoin qu'on s'intéresse à lui. Tu me cherchais, n'est-ce pas ?

– Non pas vraiment, fit Malo un peu gêné. Je cherche plutôt un endroit où passer la nuit.

– Ah ! fit l'arbre sec, d'un ton dépité. J'ai beau être un bel acacia, je ne suis pas un hôtel... et si je peux, à la rigueur, héberger un couple d'oiseaux dans mes branches, je ne pourrais aucunement faire de même pour un petit garçon.

Comme Malo restait muet, l'arbre sec ajouta :

– Tu n'as qu'à aller frapper à la première porte cochère que tu trouveras et, si tu viens de ma part, on t'ouvrira. N'oublie pas que toute la rue m'appartient.

– Vraiment ?

– Oui. N'est-il pas écrit « Rue de l'Arbre-Sec » sur cette plaque ? se rengorgea l'acacia.

– Pourtant l'Auberge des Trois Brigands appartient à Mercator, fit remarquer l'enfant.

– Pas du tout. Disons que, par pure bonté, je laisse ce diable de chat investir un lieu sur lequel j'ai tous les droits de propriété !

Malo comprit que l'arbre sec était un personnage imbu de sa personne, croyant que le monde entier lui était redevable, aussi décida-t-il de le planter là.

– Je vous remercie, mais je crois que je vais aller voir plus loin. Après tout, il n'y a pas qu'une rue dans ce royaume. Bonsoir.

L'arbre sec, un peu froissé, le regarda descendre la rue, et l'enfant s'engagea sur le boulevard sans se retourner.

Comme il était près de six heures et demie, Malo suivit les conseils de Mercator et décida d'essayer sur-le-champ la boussole magique qu'il lui avait confiée. Après avoir observé le mouvement de la seconde aiguille, il en conclut qu'elle indiquait la direction du sud. Aussi descendit-il la rue, traversa-t-il un ruisseau où voguaient de minuscules péniches et se retrouva-t-il bientôt sur une esplanade qui ressemblait étonnamment à la place Saint-Michel en miniature. Mais là où, dans la réalité, il passait des milliers de gens, il n'y avait pratiquement personne. Seules deux ou trois ombres glissaient en silence sur la neige scintillante recouvrant le sol.

C'est comme cela, le regard fixé sur la seconde aiguille de sa boussole magique, que Malo découvrit la présence d'une petite marchande. Son étal était installé près d'une fontaine recouverte de givre, sous le halo de lumière blanche d'un réverbère en forme de fleur. D'habitude, il aurait passé son chemin, mais là il en fut autrement, car elle était la seule personne en couleurs. Penchée sur son étal, elle empilait de mystérieuses petites boîtes. L'enfant s'approcha de l'étrange apparition et reconnut Lili. Elle portait toujours ses habits colorés qui lui allaient à ravir.

– Bonsoir Lili ! dit-il d'un air enjoué.

– Bonsoir Malo. Alors, comme ça, tu m'as suivie ?

L'enfant n'osa avouer à la jeune fille que la boussole magique était seule responsable de leurs retrouvailles.

– Non, je suis là par hasard. Qu'est-ce que tu fais de beau ? lui demanda-t-il en la dévorant des yeux, car elle détonnait dans ce monde en noir et blanc.

– Cela ne se voit pas ? fit-elle un peu vexée. Je travaille.

– Si tard ? Quand il n'y a personne ?

Elle haussa les épaules.

– Il n'est jamais trop tard pour travailler. Et on n'est jamais seul quand on a quelque chose à faire.

Il acquiesça en la regardant ranger ses petites boîtes.

– Moi, je n'ai rien à faire, reprit Malo.

– C'est dommage pour toi.

– Comme tu le sais, je viens juste d'arriver dans le Royaume des Ombres et je ne sais pas encore très bien comment m'y prendre… ni même où aller.

Elle haussa à nouveau les épaules, comme si ce que Malo venait de lui révéler était le cadet de ses soucis.

– Il y a toujours quelque chose à faire au Royaume des Ombres.

– Tu n'as pas peur des spectres ?

– Non. Il n'en passe pas beaucoup par ici.

Impressionné par tant de détermination, Malo s'approcha d'elle et lui tendit la main.

– Tu sais, j'ai apprécié que tu sois à mon goûter d'anniversaire… et j'aimerais bien devenir ton ami…

La petite marchande le mitrailla de son regard d'or, puis lança cette formule qui résonna aux oreilles de l'enfant comme la détonation d'un canon :

– Si tu veux devenir mon ami, tu dois d'abord quitter tes habits de tristesse…

Malo resta sans voix quelques secondes, puis parvint à articuler :

– J'ai des raisons d'être triste. J'ai failli me noyer dans la Seine le jour de mes onze ans. Si je n'avais pas trouvé ce hublot et ce toboggan...

– Bienvenue au club ! fit Lili, un peu agacée. Moi, il y a deux ans, j'ai failli me noyer en tombant d'un bateau-mouche, je suis aussi passée par le hublot et le toboggan avant d'atterrir ici, et pourtant je n'en fais pas toute une histoire.

Comme Malo restait muet d'étonnement, la petite marchande reprit en désignant l'étal devant elle :

– Bon, j'ai du travail. Je ne peux pas passer mon temps à paresser et à me plaindre.

Malo recula d'un pas, prêt à partir sans en savoir davantage sur cette étrange fille, mais la curiosité fut plus forte. D'autant qu'elle était l'unique personne présente à des lieues à la ronde. Revenant vers l'étal, il demanda :

– Tu attends quelqu'un ?

– On attend toujours quelqu'un dans la vie, mais il est rare qu'il arrive en temps et en heure, répondit Lili du tac au tac.

Un silence, puis Malo demanda :

– Que contiennent donc ces boîtes ?

– Du bonheur.

– Je croyais que le bonheur ne s'achetait pas.

– Le bonheur, peut-être pas, mais les rêves en couleurs, eux, oui.

Les yeux de Malo brillèrent de mille feux. Il observa un silence, puis continua sur sa lancée :

– À quoi cela sert-il de vendre des rêves ?

– Il n'y a rien de mieux pour colorer l'âme et la rendre heureuse.

– Je veux bien te croire. Mais comment peut-on enfermer des rêves dans des boîtes aussi minuscules ?

Lili, comprenant qu'elle ne se débarrasserait pas aussi facilement de lui, se lança dans une grande explication :

– C'est très simple. Lorsque les gens meurent, leurs rêves s'envolent dans le ciel comme des lucioles. C'est alors que j'interviens. Munie d'un filet à papillons, je déambule dans les cimetières à la recherche des rêves des défunts. Puis, quand je les ai attrapés, je les enferme dans de petites boîtes en fer afin qu'ils ne s'échappent plus. Ensuite, il suffit d'ouvrir la boîte pour que le rêve s'envole vers l'âme la plus proche et la rende belle.

– C'est vrai ? Un simple rêve peut rendre heureux ?

– Si c'est celui qui te correspond, oui. Mais attention, il faut être prudent avec ces boîtes, car certaines d'entre elles abritent des cauchemars. Et aussi, parfois, cela déteint sur les habits.

Voilà donc pourquoi elle avait un regard d'or, une robe couleur de neige, des collants verts et des chaussures violettes. Ses habits et ses yeux étaient tachés de rêves.

– Comment distinguer les bonnes boîtes des mauvaises ? demanda l'enfant.

– Pour cela, on se fie à la couleur. Tiens, celle-ci, avec sa teinte corbeau, je suis certaine qu'elle te fera broyer du noir. Ou celle-là, couleur de neige, te fera passer une nuit blanche.

– Dans ce cas, pourquoi les garder ?

– Il en faut pour tous les goûts. Tu sais, il existe des gens qui aiment se faire peur. Et puis si quelqu'un vient m'importuner, je peux toujours lui ouvrir une de ces boîtes sous le nez et lui causer une frayeur qui lui ôtera l'envie de recommencer.

Malo écarquilla les yeux. Il se souvint des cauchemars qu'il faisait la nuit, et cela lui rappela de mauvais souvenirs.

– Brrr… je préfère les rêves ensoleillés aux cauchemars angoissants. Mais il n'y a pas beaucoup de couleurs dans ce pays. À part toi…

– Dans ce cas, je possède la boîte qu'il te faut.

Lili prit l'une d'elles sur l'étal, l'entrouvrit à peine en tirant la languette qui l'obturait, et ce fut comme si une immense flaque d'or éclaboussait le monde.

– Celui-là, observa Malo, c'est sans doute le rêve d'un chercheur d'or.

– Oui, fit Lili, amusée, en refermant aussitôt la boîte. Il est sans danger et te fera passer un agréable moment.

– Dans ce cas, je veux bien te l'acheter.

– Ce sera trois brouzons.

– Qu'est-ce qu'un brouzon ?

– Pardi ! La monnaie du Royaume des Ombres.

Malo retourna ses poches et y trouva par miracle deux pièces de monnaie dont il ne soupçonnait même pas l'existence. Elles étaient carrées, et comportaient une face blanche et l'autre noire. Que faisaient-elles là ? Il se souvint soudain que le matin même, avant de sortir de chez lui, il avait fourré dans sa poche deux pièces de un euro. Lors du passage dans le toboggan, juste avant son arrivée dans ce pays imaginaire, elles avaient dû se changer en authentiques brouzons. C'était la seule explication plausible.

– Pourquoi ces pièces sont-elles carrées ?

– Pour qu'elles ne roulent pas sous les meubles lorsque, par mégarde, on les laisse tomber.

– C'est bête, il m'en manque une.

La petite marchande le gratifia d'un sourire et, tout en tendant la main, lui confia :

– Cela ne fait rien. Tu me donneras le brouzon manquant plus tard.

– C'est d'accord.

Malo lui remit les deux pièces de monnaie qu'il possédait et Lili les fit aussitôt disparaître dans sa main.

– Je te remercie, fit-elle. Sans toi, je n'aurais rien vendu ce soir, et alors je connais quelqu'un qui n'aurait pas été très content...

– Qui donc ? demanda Malo, intrigué.

– Tu ne le connais pas. Et puis ce n'est pas important..., éluda la petite marchande, un peu gênée.

Un court silence, et elle ajouta :

– Bon, je dois partir.

– Déjà ?

– Oui, il se fait, tard. Au revoir, Malo.

– Au revoir, Lili.

Puis, après avoir rangé ses petites boîtes et plié son étal, elle lui fit un léger signe de la main et s'en alla.

9

La rue du Chat-qui-Pêche

Lili traversa la place en faisant crisser la neige sous ses pas, mais avant qu'elle ait eu le temps de disparaître à l'angle de la rue, Malo l'avait déjà rejointe en courant et, posant sa main sur son épaule, il s'écria :

– Lili ! S'il te plaît !

La jeune fille fit volte-face, puis tendit l'oreille :

– Oui ? Qu'y a-t-il encore ?

Malo hésita quelques secondes, puis bredouilla avec un soupçon d'émotion dans la voix :

– Je… Je peux t'accompagner ?

Comme la petite marchande semblait ne pas comprendre, il ajouta, plus déterminé :

– S'il te plaît ! Je ne te connais que depuis peu, je ne sais pas vraiment qui tu es ni d'où tu viens, mais je peux te jurer que je n'ai jamais rencontré quelqu'un comme toi. Et puis ton regard... il est si doré...

Elle se mit à rire :

– Ce n'est pas moi, la responsable, ce sont les boîtes à bonheur. Sans elles, mes yeux et mes habits seraient aussi sombres que la nuit qui nous entoure.

– C'est possible. Mais sans toi, ces petites boîtes ne seraient pas aussi précieuses.

Lili, peu accessible à la flatterie, fronça les sourcils et jeta à l'enfant un regard étonné :

– Alors toi aussi, tu es triste et seul, et tu as besoin de te confier à quelqu'un ?

– Pourquoi dis-tu cela ?

– Pardi, je sais ce que c'est. Dans les cas extrêmes de tristesse et de solitude, on est capable de dire n'importe quoi.

– Ce n'est pas n'importe quoi. Je le pense réellement. Tu es si différente...

– Peut-être, mais cela n'enlève rien au fait que tu dois être bien malheureux et bien seul pour te confier à une inconnue.

– C'est vrai. Je me sens un peu perdu, ici. Mais il me semble te connaître un peu depuis le goûter d'anniversaire. Et puis il se fait tard, et je ne sais même pas où dormir cette nuit...

Marcher dans toute cette neige qui ressemblait à s'y méprendre à du sable blanc avait fini par l'épuiser. Mais Lili eut un rire qui le laissa abasourdi.

– Dormir ? Mais pour quoi faire ? Tu as donc sommeil ?

Malo réfléchit un peu et admit que non. Malgré tout ce qu'il avait vécu ces dernières heures, il n'avait pas vraiment sommeil.

– Le Royaume des Ombres est le paradis des enfants qui ne veulent jamais aller se coucher. Ici, personne n'a besoin de dormir, s'il ne le désire pas, car on vit constamment dans un rêve…

– Je connais pourtant un chat qui dort dix-huit heures par jour et qui s'ennuie les six heures restantes, rétorqua Malo.

– Mercator est un gros paresseux. Il ne sort presque jamais de son auberge et passe son temps à se goinfrer de gâteaux.

Malo reconnut que c'était exact. Les chats passaient souvent leur temps à ne rien faire ou à manger. Mais les enfants étaient différents. Ils aimaient avant tout se divertir. Aussi se conforta-t-il dans l'idée qu'il ne se coucherait pas ce soir.

– Dans ce cas, comment tuer le temps avant que l'aube surgisse ? Il est à peine sept heures du soir et la nuit va être longue.

– Oh, pour ça, comme je te l'ai dit, il suffit de se dire qu'il y a mille choses à faire au Royaume des Ombres pour ne pas s'y ennuyer, même de nuit. Mais d'abord j'ai un rendez-vous à honorer.

– À cette heure tardive ?

– Oui. Et je dois me dépêcher sinon je vais être en retard.

– Je… Je peux venir avec toi ?

Il lui jeta un regard candide. Décidément, elle ne pouvait l'abandonner là, cet oisillon perdu. Il fallait l'initier un peu. Comme Malo avait un instant quitté ses beaux habits de tristesse et qu'elle le trouvait touchant, Lili décida de le prendre en main.

– Si tu m'aides à porter mon attirail et, surtout, si tu arrêtes de poser des questions, je veux bien que tu m'accompagnes.

– D'accord. Où vas-tu ?

– J'ai dit : pas de question.

Malo resta coi. La petite marchande lui réserva son sourire le plus mystérieux et lui glissa à l'oreille, comme un secret :

– Je t'emmène dans la rue du Chat-qui-Pêche.

La rue du Chat-qui-Pêche, située non loin de là, était certainement la rue la plus étroite du Royaume des Ombres. Pour y parvenir, il fallait traverser un boulevard en zigzag en faisant attention aux autobus qui circulaient en contresens, puis se faufiler dans un labyrinthe d'immeubles à la recherche d'un passage secret, tout cela dans un épais brouillard.

Ce n'était déjà pas un endroit facile à trouver en temps ordinaire, mais dans cette brume qui rendait les choses aussi floues qu'une photographie ratée, cela relevait carrément de l'exploit. Lili marchait pourtant d'un pas décidé et semblait aussi à l'aise dans cette purée de pois qu'un chat sur une gouttière par une nuit sans lune. Elle semblait connaître le quartier comme sa poche.

Tout en cheminant aux côtés de la petite marchande, portant sous son bras l'étal plié en quatre, Malo craignait qu'elle le mène en bateau et que cette rue n'existe pas car ce nom lui paraissait étrange.

– Pourquoi l'appelle-t-on la rue du Chat-qui-Pêche ? On n'a jamais vu un chat pêcher, que je sache ! lança-t-il, crâneur.

– Tu ne connais donc pas la légende du fameux chat qui pêche ? demanda Lili.

– Non…

Elle le fixa de son beau regard doré et commença ainsi son histoire :

– Alors écoute-moi bien… Il y a très longtemps,

habitait dans cette rue un chanoine nommé Dom Perlet. Ce chanoine possédait deux particularités. Primo, il était à moitié sorcier et alchimiste. Secundo, comme tous les sorciers, il avait un chat noir qu'on prenait pour le diable. Or ce chat était habile à extraire d'un coup de patte les poissons de la Seine, ce qui ravissait son maître ainsi que les habitants du quartier. Trois étudiants, certains que cette histoire sentait le soufre – un chat qui pêche et un chanoine alchimiste ont forcément quelque chose de diabolique –, décidèrent de faire disparaître le chat. Ils attendirent que le chanoine fût parti pour s'emparer du chat et le jeter dans le fleuve. Ravis, ils se vantèrent de leur forfait. Mais le lendemain soir, quelle ne fut pas leur surprise lorsqu'ils virent le chat pêcher à nouveau paisiblement au bord de l'eau ! Comme le chanoine avait disparu, on crut que les étudiants l'avaient assassiné – en réalité, il était parti en voyage et ne revint que bien plus tard après l'affaire –, et les étudiants furent arrêtés. C'est ainsi que cette rue prit le nom de Chat-qui-Pêche.

– C'est une histoire sordide, fit Malo. Je n'aurais pas voulu vivre à l'époque de ce fameux chat et de ce chanoine mi-sorcier mi-alchimiste.

– Pourtant, répondit Lili d'un ton espiègle, tu vas les rencontrer dans quelques minutes.

Malo resta figé sur place quelques secondes.

– Tu plaisantes ? Tu as parlé d'une légende.

– Et alors ? fit Lili. Tu oublies un peu trop souvent que nous sommes dans un pays imaginaire…

Le passage secret menant à la rue du Chat-qui-Pêche était un tonneau sans fond sentant le hareng fumé, dans lequel il fallait se faufiler avant d'atteindre la sortie. Malo dut se pincer le nez pour ne pas respirer les effluves de poisson qui étaient très incommodants. Il rampa quelques secondes avant de pouvoir se relever et de déboucher dans un couloir. La rue n'était pas beaucoup plus large que le tonneau. À peine un mètre d'un mur à l'autre. Et il faisait si sombre à l'intérieur que l'on ne pouvait rien distinguer du ciel.

– C'est une rue étrange, n'est-ce pas ? fit Lili.

Sans attendre de réponse, la jeune fille le prit par la main et le força à avancer dans l'obscurité. Malo s'inquiéta lorsqu'il aperçut des ombres glisser sur les murs en émettant des sons stridents, et sursauta lorsque l'une d'elles lui souffla dans la nuque.

– Qu'est-ce que c'est que ça ? hurla-t-il.

– Ce n'est rien, tempéra Lili. Ce sont quelques spectres qui s'amusent à nous faire peur. Il y en a souvent par ici. Ils aiment bien cet endroit. Ne fais pas attention à eux et ils te laisseront tranquille.

– Tu… tu crois ?

– Oui. Rassure-toi, ce n'est qu'un jeu pour eux.

– Un jeu charmant. Tu me vois tout à fait rassuré.

Après quelques mètres dans l'obscurité la plus totale, à frôler des spectres et à tenter de les éviter, une lueur se détacha dans la nuit, comme une luciole au fond d'un puits.

– C'est là, dit Lili en indiquant la façade d'un immeuble grisâtre.

– Eh bien, ce n'est pas trop tôt. J'ai cru que j'allais m'évanouir.

Ils parvinrent alors devant une vitrine surmontée d'une enseigne illuminée par un faible néon bleu :

La Petite Boutique des rêves.

Sur l'étal, derrière la vitrine, tout était blafard, vieillot et sale. À peine parvenait-on à distinguer des boîtes à bonheur vertes, jaunes, bleues et rouges, tant elles étaient recouvertes d'une épaisse couche de poussière et de toiles d'araignées. Il y

Boutique des rêves
01 02 03 04
05 06 07 08
09 10 11 12
13 14 15 16
17 18 19 20

avait aussi des pantins aux figures horribles, des masques de carnaval effrayants et quelques autres objets indéfinissables comme une toupie carrée, un bilboquet sans trou et un jeu de cartes dont les figures changeaient constamment d'apparence.

– On ferait mieux de s'en aller, souffla Malo, en reculant.

– Tu as voulu me suivre, maintenant il n'est plus temps de faire marche arrière, trancha Lili en le retenant par la manche. Et puis, si je te laissais repartir seul, tu ne retrouverais pas ton chemin. Allez, viens !

– Où diable m'emmènes-tu ? s'écria-t-il.

– Chut ! fit Lili en indiquant le ciel, il ne faut pas réveiller le chat qui pêche. Il pourrait nous apercevoir et nous surprendre.

Malo leva les yeux et découvrit, à côté de l'enseigne, un terrifiant chat noir en fer forgé. Il tenait en patte une canne à pêche au bout de laquelle était accroché un poisson doré. Il ne bougeait pas de un millimètre, à l'exception de ses yeux verts qui tournaient dans leur orbite comme deux boules d'acier.

– Il ne semble pas très vivant, ton matou, fit remarquer Malo, s'efforçant de se donner une contenance.

– Méfie-toi. Il peut se transformer à sa guise en une vraie boule de poils aux griffes acérées et, d'un bond, te sauter dessus.

Se souvenant de la mésaventure des trois étudiants qui avaient sous-estimé les pouvoirs du félin, Malo choisit de rester prudent.

– Entrons, fit Lili.

Elle poussa la porte et Malo pénétra à l'intérieur de La Petite Boutique des rêves.

10

Le sortilège de l'alchimiste

La boutique était tout à la fois l'antre d'un magicien, l'atelier d'un alchimiste et le laboratoire d'un inventeur fou. Il y avait tant d'objets merveilleux et de trésors entre ces murs qu'on se serait cru dans la caverne d'Ali Baba. Sur les présentoirs et les étagères s'étalaient grimoires, baguettes, horoscopes, talismans, poudres à sortilèges, philtres d'amour, amulettes, pierres philosophales, lanternes magiques, kaléidoscopes, miroirs concaves et convexes, longues-vues, télescopes, lunettes astronomiques, cartes au trésor, boussoles, damiers, échiquiers, élixirs, et tout un tas d'autres choses plus mystérieuses encore.

– Bienvenue dans La Petite Boutique des rêves ! fit une voix grave et enjouée.

Malo se retourna et découvrit un géant dégingandé affublé d'une chasuble aux manches si larges qu'elles pouvaient abriter une nichée d'oiseaux. Il était penché sur un vieux manuscrit, une loupe en ivoire collée sur son œil droit, et portait sur son crâne un chapeau pointu. À ses côtés se tenait l'effrayant chat noir entrevu quelques instants plus tôt et qui miaulait tout en se frottant contre ses jambes.

– Plus tard, Melchior, fit-il en s'adressant au félin, tu vois bien que j'ai des invités.

Le chat se frotta encore, puis il s'assit sur ses pattes arrière et lança un regard inquisiteur aux visiteurs.

– Le chanoine ! Et le chat qui pêche ! C'est donc vrai ! ne put s'empêcher de s'écrier Malo, avant que Lili lui fasse signe de se taire.

À ces mots, l'alchimiste – car il s'agissait bien de Dom Perlet – fronça les sourcils et demanda à la jeune fille d'une voix rauque :

– Quel énergumène me ramènes-tu donc ? Et que veut-il ?

Lili allait le lui expliquer, mais avant qu'elle puisse ouvrir la bouche, l'alchimiste posa sa main sur l'épaule de la jeune fille et, la tenant fermement entre ses doigts immenses, la força au silence :

– Ne dis rien. Je vais employer la divination pour savoir la vérité.

Puis, après avoir pris dans sa poche une pincée de poudre, il la jeta devant lui. La poudre s'étoila dans un nuage d'étincelles qui tomba en pluie d'argent sur le sol.

– Tric-trac ?

– Comment ? demanda Malo qui voyait bien que l'alchimiste s'adressait à lui, mais ne comprenait rien à son langage.

– Jacquet ?

– Je ne vois pas ce que vous voulez dire…

– Creps ?

– Euh, c'est-à-dire…

C'est alors que l'alchimiste, pris d'une soudaine logorrhée verbale, déversa sur la tête de l'enfant toute une foule de mots plus incompréhensibles les uns que les autres.

– Bonneteau ? Jonchets ? Corbillon ? Baguenaudier ? Furet ? Zanzibar ? Gouret ? Brandilloire ? Quintaine ? Jaquemart ? Brusquembille ? Fredon ? Charivari ? Pharaon ? Chemin de fer ? Macao ?

L'étonnement de Malo fit place à l'ahurissement.

– Je ne comprends rien à ce que vous dites.

– Enfin, rétorqua l'alchimiste, tu es bien venu ici pour acheter quelque chose. Un jeu, par exemple. Ma boutique est la plus réputée du Royaume des Ombres, le savais-tu ?

Comme l'enfant restait muet, Dom Perlet se pencha vers lui et l'examina avec la loupe qu'il avait en main. De frayeur, Malo recula, son talon buta contre une pile de vieux livres et il bascula en arrière, les quatre fers en l'air. Dans sa chute, la boussole s'échappa de la poche de son pantalon et roula à terre avant de finir sa course en toupie entre les souliers de Lili. Étrangement, la petite aiguille indiquait l'endroit opposé à celui où se trouvait l'alchimiste.

– Une boussole magique ! Et qui provient de mon magasin, par-dessus le marché ! s'étonna

Dom Perlet en ramassant la précieuse mécanique. Où l'as-tu volée ?

– Je ne l'ai pas volée ! s'insurgea l'intéressé. C'est un chat nommé Mercator qui me l'a offerte.

Le visage de l'alchimiste s'éclaira et, tout en regardant tour à tour Lili, le chat noir et Malo, il déclara :

– Je comprends. Tu es nouveau au Royaume des Ombres…

– C'est vrai, intervint Lili. Il n'est ici que depuis quelques heures. Et d'ailleurs, il ne sait pas où aller. C'est pourquoi j'ai pensé bien faire en lui permettant de m'accompagner.

Mais déjà Lili le regrettait, car elle avait compris que Dom Perlet ne le laisserait pas partir sans essayer de profiter de lui.

– Je vois, fit l'alchimiste en se redressant et en inspectant à loisir le nouveau venu.

– Rendez-moi ma boussole, dit Malo d'un ton ferme. Elle est à moi !

Dom Perlet hésita un instant, caressa longuement le couvercle de la boussole, puis la tendit à son propriétaire qui, soulagé, la rangea prestement dans sa poche.

– Tu n'as peut-être pas volé la boussole, mais sans doute as-tu dérobé une boîte à bonheur, menaça Dom Perlet en désignant la bosse dans la poche du pantalon du jeune garçon.

– Il ne l'a pas volée, il me l'a achetée ! déclara Lili.

– Très bien, dit l'alchimiste en tournant la tête vers la jeune marchande et en tendant sa main, paume ouverte. Dans ce cas, où sont les trois brouzons que tu me dois ?

C'était donc lui le propriétaire des petites boîtes que vendait Lili. Comment Malo ne l'avait-il pas deviné plus tôt ?

La jeune fille fouilla dans sa poche, en retira les deux pièces de monnaie que lui avait données Malo, puis les tendit à l'alchimiste.

– Il en manque une ! tonna Dom Perlet.

L'enfant prit les devants :

– C'est vrai. Mais j'ai promis de la lui remettre plus tard.

– Plus tard ! Plus tard ! s'exclama Dom Perlet en levant les bras au ciel. Tout le monde veut payer plus tard !

Enjambant trois piles de vieux manuscrits, il se dirigea vers le comptoir et décrocha l'affichette qui se trouvait pendue à un clou.

– Que lis-tu ici, jeune homme ?

Malo se pencha et déchiffra :

La maison ne fait pas crédit.
Les débiteurs seront ensorcelés.

– Ensorcelés ? s'étonna Malo. Qu'est-ce que cela veut dire ?

– Que tu ne quitteras plus jamais le Royaume des Ombres, et que tu deviendras un spectre !

– Quelle horreur ! Il n'en est pas question !

– C'est pourtant le châtiment que mérite un voleur de ton espèce…

– Je ne suis pas un voleur !

– Si, tu me dois un brouzon !

Malo, sentant une boule d'angoisse se former dans son ventre, tenta de se justifier sur un ton moins virulent :

– Je connais trois brigands qui ont subi un sort quasi semblable. Mais ils avaient volé plus de un sou.

– Un sou ou un million, ça ne change rien. Tu es mon débiteur, et la loi du Royaume des Ombres est inflexible et la même pour tout le monde. Tu dois me rembourser tout de suite ou être ensorcelé.

– Je n'ai pas d'argent sur moi. Mais si vous voulez bien m'accorder un délai, je suis prêt à vous rembourser, répondit aussitôt Malo, inquiet à l'idée de devenir un spectre.

Dom Perlet réfléchit un instant, assis derrière son comptoir, tandis que Melchior ronronnait à ses côtés, le museau posé sur les pages entrouvertes d'un vieux grimoire. Puis il déclara :

– D'accord. Tu as jusqu'au lever du soleil.

Malo acquiesça. Du moment qu'il pouvait partir d'ici sur-le-champ, il était prêt à accepter n'importe quoi.

– C'est d'accord.

– N'oublie pas, ajouta Dom Perlet, que chaque heure qui passe augmente les intérêts de ta dette de un brouzon. Tu me dois un brouzon à huit heures ce soir, donc demain matin tu me devras douze brouzons.

– Quoi ? Mais c'est du vol !

– Non, cela s'appelle l'usure. Et si à l'aube tu n'as pas tenu ta promesse en me rapportant cette somme, le sortilège prendra effet et tu seras changé en spectre.

– Quel sortilège ?

– Celui que je te lance à cette seconde précise.

Disant cela, l'alchimiste pointa son doigt sur la tête du malheureux garçon et proféra ces paroles extravagantes et abracadabrantesques :

« Saucisse, hydromel, persicot, double menton
À l'aube tu me devras douze brouzons

Double menton, persicot, hydromel, saucisse
Ou tu demeureras à mon service. »

Puis il se drapa dans sa chasuble, se mit à ricaner, bientôt suivi de Melchior dont le museau affichait un étonnant rictus, et déclara :

– Il est l'heure pour moi de fermer boutique. Je t'attends donc demain matin à l'ouverture à huit heures précises. Bonne chance à toi.

Puis, avec un rire mauvais, il disparut dans l'arrière-boutique.

Aussitôt le sort jeté, Malo découvrit que son corps devenait transparent. Il pouvait même voir ses os sous la peau.

– Que m'arrive-t-il ?

– Tu deviens peu à peu un spectre, fit Lili, le ton soudain grave.

– Ce qui veut dire ?

– Que demain matin le sortilège prendra effet et que tu ne pourras plus jamais quitter le Royaume des Ombres.

11

La chasse aux rêves

Une fois dehors, à la lueur du néon bleu qui illuminait la vitrine, Malo s'aperçut que le regard de Lili s'était assombri. La belle couleur dorée de ses yeux avait pris une teinte charbon. Fanfaron, il tenta de la rassurer :

– Qu'y a-t-il ? Il est à peine huit heures du soir et nous avons toute la nuit pour trouver ces douze brouzons.

Mais en vérité il n'en menait pas large. Il voulait retourner chez lui, dans le monde réel. Or il ne savait comment s'y prendre pour récupérer une telle somme avant l'aube dans ce pays si particulier, surtout qu'il n'avait jamais gagné d'argent de sa vie.

La petite marchande lui jeta un regard si ardent que, s'il avait été en papier mâché, il aurait pris feu et se serait aussitôt consumé.

– Tu ne te rends pas compte, Malo.

– De quoi ?

– Que Dom Perlet nous tient l'un et l'autre dans sa main.

– Comment cela ?

Elle soupira, puis s'expliqua :

– Je suis désolée de t'avoir emmené dans cet endroit. J'aurais dû me méfier. Après tout, on ne peut pas vraiment faire confiance à un spectre.

– Ce Dom Perlet est un spectre ! gémit Malo.

– Oui. Tu ne l'avais pas deviné ?

– Non.

– Eh bien, tu avais devant toi l'un des plus illustres.

L'enfant jeta un regard inquiet à travers la vitrine. Dom Perlet n'avait pas réapparu mais le chat qui pêche, lui, était revenu. Il était lové sur le comptoir et semblait, tout comme son maître, très satisfait de ce qui venait de se produire.

– Après tout, cela ne change rien, essaya de positiver Malo. Spectre ou non, il suffit de trouver l'argent et tout rentrera dans l'ordre.

– Ce n'est pas l'argent qui intéresse Dom Perlet, mais de te garder à son service.

– Que veux-tu dire ?

– Que Dom Perlet aura toujours besoin de rêves à mettre dans ses boîtes. Et comme je vais bientôt quitter la boutique, j'ai bien peur qu'il t'ait tendu un piège.

– Pourquoi veux-tu quitter La Petite Boutique des rêves ?

– Parce que j'ai bientôt fini de rembourser ma dette. Le jour où j'aurai vendu ma centième boîte à bonheur, je pourrai m'échapper du Royaume des Ombres.

Malo écarquilla les yeux et demanda :

– Vraiment ?

– Vraiment.

– Alors toi aussi tu as été victime du sortilège de l'alchimiste ?

– Oui. J'aurais dû te le dire plus tôt et ne pas te permettre de m'accompagner jusqu'ici. Mais tu as tellement insisté. Et puis moi aussi je me sentais un peu seule.

– Cela ne fait rien. Ne sois pas désolée. Combien en as-tu vendues, de ces boîtes ?

– Tu viens de m'acheter la quatre-vingt-treizième.

– Il ne t'en reste donc plus que sept, soit vingt et un brouzons, et ton sortilège prendra fin. Avec mes douze brouzons, cela fait trente-trois.

– Tu oublies le brouzon manquant pour la boîte à bonheur que tu m'as achetée. Dom Perlet ne fait jamais de cadeau.

– On lui doit donc trente-quatre brouzons pour recouvrer la liberté.

– Oui. Mais moi je peux le rembourser à mon rythme, ce qui fait bien son affaire, car il me garde à son service depuis bientôt deux années. Toi, au contraire, tu disposes d'un temps limité. Voilà pourquoi j'ai si peur.

Malo frémit. Il venait de s'embarquer dans une affaire qui le dépassait.

– Dans ce cas, que faire ?

Lili, reprenant soudain confiance en elle, prit Malo par la main et l'entraîna hors de la rue du Chat-qui-Pêche en pressant le pas.

– Vite ! Il n'y a pas de temps à perdre. Il faut trouver cet argent sans tarder.

– Où m'emmènes-tu ?

– Dans l'un des endroits les plus précieux de ce royaume, là où se trouvent toutes les richesses et les trésors, répondit Lili, un large sourire aux lèvres.

– Tu veux parler d'une banque ou d'un musée ?

Lili regarda Malo, stupéfaite de tant de naïveté et d'ignorance.

– Mais non, idiot ! Réfléchis un peu. Il n'y a ni banque ni musée au Royaume des Ombres.

– À moins que ce soit dans une grotte secrète abritant un trésor…

La petite marchande fit non de la tête.

– Bien sûr que non. Pour une marchande de rêves, l'endroit le plus précieux d'un royaume, et qui abrite les songes les plus beaux, c'est un cimetière.

Et, aussi peu engageant qu'un tel endroit puisse paraître la nuit, il s'agissait de leur seule chance.

– D'abord, fit la jeune fille, on capture quelques jolis rêves, on les vend et on récupère ces douze brouzons avant le lever du soleil.

– À qui veux-tu les vendre ? Il ne passe pratiquement jamais personne dans ces rues.

– Nous verrons bien. Il y a quelques noctambules au Royaume des Ombres, et puis je connais un peu de monde. Allons d'abord au cimetière et nous aviserons ensuite.

Malo, inquiet de se retrouver dans un cimetière par une nuit obscure, demanda :

– Es-tu sûre que ce n'est pas dangereux ?

Lili eut un sourire énigmatique :

– Tu le sauras bientôt.

L'enfant n'était pas rassuré, mais devant son

amie il n'osa avouer ses craintes. Il était aussi très excité par l'aventure qui l'attendait, et comme Lili ne montrait aucune appréhension, il se sentit très vite en confiance.

– D'accord, acquiesça Malo. Partons à la chasse aux rêves.

12

Un aviateur et une funambule

Le cimetière du Royaume des Ombres se trouvait à trois rues de là, de l'autre côté d'une enceinte de pierres et d'un haut portail de fer. Il était gardé par un vieil homme qui se nommait le père Lachaise, et qui ne bougeait presque jamais de son fauteuil, se contentant d'inspecter les allées et venues des visiteurs entre les tombes. Le vieil homme vivait dans une petite maison, à l'entrée du cimetière, et possédait les clés de la grille d'entrée. Mais à neuf heures du soir, il ne fallait pas songer à le déranger car les visites étaient interdites de nuit.

– Comment faire pour y pénétrer? demanda Malo, un peu inquiet.

– C'est très simple, dit Lili. Nous allons escalader la grille d'entrée.

Ce qu'elle entreprit aussitôt avec l'agilité d'une acrobate. Arrivée de l'autre côté, elle lui lança un regard de défi :

– Alors, tu viens ?

Malo, pour ne pas rester à la traîne, la suivit. Il eut un peu plus de difficulté que Lili à franchir la grille, et dut s'y reprendre à deux fois avant de parvenir au sommet. Il déchira même son pantalon sur l'une des pointes acérées du portail, ce qui lui donna l'énergie nécessaire pour sauter dans l'allée recouverte de neige où la petite marchande l'attendait.

– Sois plus prudent, dit Lili. Tu aurais pu te faire très mal.

– C'est que je me suis fait très mal, répondit Malo en se massant le postérieur.

– Bon, ne faisons pas de bruit. Maintenant que nous sommes là, il ne faudrait pas alerter le père Lachaise. Il n'aime pas ça, les visiteurs nocturnes. Il croit toujours que ce sont des spectres.

Ils avancèrent dans l'allée centrale à pas de loup et se retrouvèrent au milieu d'une forêt de tombeaux dont certains avaient des allures de cathédrales miniatures. D'autres, plus sobres, comportaient une photographie en noir et blanc et un nom, avec en prime une luciole volant au-dessus de la pierre tombale pour mieux lire les inscriptions de nuit. Une pancarte indiquait « Boulevard des Allongés ». Il régnait dans tout le cimetière un silence de trépassé.

– Tout d'abord, ne pas oublier le principal...

Lili disparut un instant derrière un sépulcre et en revint avec un magnifique filet à papillons qu'elle avait pour habitude de ranger à cet endroit. Elle l'agita en tout sens, comme pour se défouler. Malo vit qu'elle maîtrisait parfaitement son geste. La chasse pouvait commencer.

– Il faut trouver une tombe fleurie. Ce sont les plus récentes, donc l'endroit où se trouvent les rêves.

– Comment en repérer dans cette obscurité ? demanda Malo, un peu décontenancé.

– La lumière de la lune de diamants donne aux fleurs des reflets d'or. Et comme elle vient d'avoir la bonne idée de sortir de son écrin de nuages, cela devrait nous aider.

Deux minutes plus tard, ils découvrirent un sépulcre recouvert de couronnes et de corbeilles de fleurs que le clair de lune illuminait. Dans le marbre étaient inscrits deux noms :

Balthazar Spilmont, aviateur
Jeanne Faraldi, funambule.

La chance était de leur côté. Un aviateur et une artiste de cirque, on ne pouvait rêver mieux. Ceux-là devaient avoir des songes de toute beauté.

– Eh bien, si je m'attendais à ça ! s'écria Lili. Pour un baptême du feu, tu vas être servi. Je suis certaine que ce sont les rêves les plus beaux de tout le cimetière.

– Comment se fait-il qu'ils soient dans le même tombeau ? Ils ne portent pas le même nom.

– Je n'en sais rien. Peut-être ont-ils disparu dans un accident d'avion. En tout cas, ils devaient s'aimer terriblement…

– Tu as sans doute raison… Maintenant, que faut-il faire ?

– Observer le silence le plus total, conclut Lili, et attendre qu'un rêve s'échappe de ce tombeau de pierres.

Ils restèrent tapis dans l'ombre près d'une demi-heure avant que s'élève de la pierre tombale le premier rêve. C'était une lueur rouge comme un nez de clown, à peine plus grande qu'une balle de ping-pong et aussi légère qu'une bulle de savon. La lueur hésita un instant, puis monta dans les airs, comme une plume ballottée par le vent. Bientôt il y en eut d'autres, parfois de tailles différentes, mais toujours aussi colorées.

– Ça y est ! s'écria Lili. Je suis sûre que ce sont les rêves de la funambule.

Des bulles bleues comme un ciel d'azur et aussi grosses que des ballons de baudruche firent ensuite leur apparition.

– Et voici ceux de l'aviateur.

Les lueurs dansèrent devant leurs yeux, virevoltèrent, tourbillonnèrent, puis s'enchâssèrent les unes dans les autres.

– Il ne faut pas laisser passer cette chance, fit Lili.

Son filet à papillons à la main, elle s'approcha des bulles de rêves et, d'un geste d'une incroyable agilité, en captura quatre. D'abord deux rouges, puis deux bleus. Les songes, comprenant qu'ils venaient d'être faits prisonniers, essayèrent de se débattre et, se séparant, chacun chercha une issue. Mais c'était trop tard. Lili les avait pris dans sa main et enfermés un à un dans quatre petites boîtes à bonheur.

– Cela paraît simple, fit remarquer Malo. Un coup de filet et hop !

– C'est vrai que les bulles de rêves sont plus faciles à attraper que les papillons. Il suffit d'être patient et de rester concentré.

Comme l'enfant restait songeur, Lili lui tendit son filet en proposant :

– Tu veux essayer ?

– Pourquoi pas ?

Le garçon, parti à son tour à la chasse aux rêves, jeta son dévolu sur une tombe au hasard, décorée de chrysanthèmes à demi fanés. Muni du filet à papillons, il se faufila comme une ombre, suivi de la petite marchande qui l'observait. L'enfant, tel un explorateur en pleine jungle, s'était pris au jeu et se tenait prêt. Il était certain de parvenir lui aussi à récolter un beau rêve plein de couleurs. Mais quelle ne fut pas sa surprise lorsque, quelques minutes plus tard, surgit de la plaque de marbre une bulle d'un noir corbeau.

– Attention à toi ! s'écria Lili. Il s'agit d'une bulle à cauchemar ! Celles-là sont plus coriaces que les autres !

Ne faisant ni une ni deux, Malo se cabra puis,

d'un coup sec, attrapa dans son filet la bulle aussi sombre que la nuit qui l'entourait. Le cauchemar se débattit avec furie, mais l'enfant ne relâcha pas son emprise. D'un geste précis, Lili plongea sa main dans le filet, saisit délicatement la bulle noire entre ses doigts et l'enferma aussitôt dans une petite boîte.

– Eh bien, quelle chasse ! s'exclama le garçon.

– Oui, ajouta la jeune fille, pour être aussi noir, ce rêve doit provenir d'une tête remplie de mauvaises pensées.

L'enfant continua encore quelques minutes sur sa lancée et sa patience fut récompensée. Il parvint à capturer deux jolis rêves, l'un d'une belle couleur vert pomme et l'autre jaune comme un soleil.

– Voilà, la chasse est terminée, dit enfin Lili en rangeant les petites boîtes dans un sac et en remisant son filet à papillons à l'endroit habituel. Il est presque onze heures du soir et nous avons sept beaux rêves. Deux bleus, deux rouges, un vert, un jaune et un noir.

Ravie, elle ajouta encore :

– Il me suffirait de tous les vendre pour payer ma dette à Dom Perlet. Mais je préfère que tu le rembourses avant moi, c'est plus prudent. Il ne reste plus qu'à trouver des acheteurs et le tour sera joué.

Avant qu'elle puisse en dire davantage, Malo sortit de sa poche la boussole magique, la plaça au creux de sa main et se mit à chercher le nord magnétique.

– Cet objet va nous dire où aller…

Le garçon attendit quelques secondes, perplexe.

– C'est bizarre, fit-il dans une grimace. J'ai beau tourner la boussole dans tous les sens, la seconde aiguille ne bouge plus…

– Peut-être ne sait-elle plus où aller, avança la jeune fille.

– Non. Elle semble bloquée.

Lili réfléchit un instant puis déclara avec aplomb :

– Il faut aller trouver Mercator. Lui pourra peut-être la réparer et, par la même occasion, nous acheter un rêve.

13

GRAIN DE SABLE, JUS DE PRUNEAUX ET FRAMBOISE RUBIS

Malo et Lili se présentèrent devant la porte de l'Auberge des Trois Brigands au moment où sonnaient les douze coups de minuit. À l'aide du heurtoir, ils frappèrent à trois reprises sur l'huis.

Une minute plus tard, un bruit de serrures déchira le silence de la nuit et Mercator apparut sur le seuil, les yeux ensommeillés et bâillant à s'en décrocher la mâchoire. Il était vêtu d'un pyjama rayé, d'un bonnet de nuit, et portait à bout de bras une chandelle dont la flammèche procurait une faible lueur éclairant son museau renfrogné.

– Qui vient me déranger en pleine nuit ? fulmina-t-il en tentant de distinguer dans la pénombre les importuns qui avaient eu l'audace de le tirer de son lit.

– C'est nous, Lili et Malo, répondit aussitôt la petite marchande. Pardonnez-nous de vous avoir réveillé.

Mercator se pencha vers les deux enfants et, tout en lissant ses moustaches, il tempêta :

– Jeune demoiselle, sache que je déteste être tiré du lit, surtout quand je dors !

Puis, prenant soudain conscience qu'il venait de dire une bêtise, car un lit est forcément fait pour dormir, le chat demanda :

– Mais que vous arrive-t-il pour surgir ainsi en pleine nuit ?

Malo et Lili se lancèrent alors dans des explications aussi confuses et embrumées que le cerveau de Mercator l'était à cette heure indue, explications dont il ne retint que quelques bribes éparses.

– Dom Perlet… le sortilège… la boussole magique qui ne marche plus… la chasse aux rêves… douze brouzons avant huit heures… changé en spectre… sept boîtes à bonheur à vendre…

Aussi le chat jugea-t-il préférable de couper court avant de perdre complètement la tête :

– Entrez donc boire un jus de pruneaux et manger une part de gâteau à la framboise rubis – il en reste –, et vous m'expliquerez tout cela dans l'ordre.

Mercator s'éclipsa et les deux enfants lui emboîtèrent le pas. Tous les trois se retrouvèrent bientôt dans la grande salle de l'auberge, assis sur un banc en spirale.

– Je vous écoute, les enfants, déclara Mercator, enfin réveillé, même s'il avait gardé sur la tête son bonnet de nuit qui lui donnait un air rêveur.

Lili prit seule la parole et son récit se déversa dans les oreilles attentives du chat.

– Je comprends mieux, fit Mercator, soucieux. Dom Perlet vous a tendu un piège, car, bien sûr, il ne veut pas que Malo rentre chez lui.

– Je dois pourtant quitter ce royaume au plus vite, sinon mes parents vont s'inquiéter, fit observer le garçon, de plus en plus mal à l'aise, car son corps prenait un aspect translucide.

Le chat comprit que le sortilège faisait son effet. Peu à peu, Malo se changeait en spectre.

– Hélas, mon jeune ami, il n'existe pas trente-six solutions pour lever un sort lancé par un spectre. La seule issue est de remplir à la lettre le contrat qui t'a été proposé. Il te faut ces douze brouzons pour demain matin huit heures. Sans ça, je crois que tu finiras comme les trois brigands que je connais.

– Il n'en est pas question ! Je veux rentrer chez moi !

– Dans ce cas, Lili a raison. Tu dois vendre ces boîtes à rêves et récolter cette somme dans la nuit. C'est ta seule chance.

– Mais vous, ne pourriez-vous pas en acheter une pour commencer ? demanda à tout hasard Lili en exhibant les sept boîtes colorées devant les yeux jaunes du matou.

Mercator déglutit en finissant son jus de pruneaux et prit un air désolé :

– C'est que, ma pauvre petite Lili, vois-tu, je n'ai pas de brouzons.

– Pas de brouzons ? C'est pourtant une auberge, ici, et les clients payent leurs consommations, rétorqua la petite marchande.

– Oui, peut-être, mais les trois brigands me délestent chaque soir de mon argent pour payer leur festin.

Disant cela, Mercator se leva, fila derrière le comptoir, en sortit une petite boîte de métal où il rangeait sa monnaie et l'ouvrit devant eux. Elle contenait, en tout et pour tout, trois boutons de culotte, une punaise et deux agrafes.

– Voyez, c'est tout ce qu'ils m'ont laissé, les bougres ! D'ailleurs, ils ne se sont pas privés ce soir. Avec la recette du jour, ils ont acheté trois fois plus de vin et de saucisses au chou que d'habitude.

De vrais goinfres. Ne les entendez-vous pas ronfler comme des sonneurs de cloches ?

De fait, en tendant l'oreille, on distinguait parfaitement le bruit des ronflements. C'étaient les trois brigands qui, enfermés dans leur cave, dormaient à poings fermés.

– Ce n'est pas si grave, tempéra Lili. On a encore le temps d'aller voir ailleurs. Après tout, le Royaume des Ombres est vaste.

– Oui, si la boussole marchait, ça irait, mais il semble qu'elle ne fonctionne plus, ajouta Malo.

– Fais donc voir cette boussole, demanda Mercator quand il fut revenu à la table.

Malo lui tendit l'objet. Le chat prit la boussole entre ses deux pattes avant et découvrit que la seconde aiguille était effectivement bloquée. Il en ouvrit le couvercle et, après deux ou trois manipulations, il la referma et déclara, sûr de lui :

– Voilà, la boussole est réparée !

– L'aiguille bouge enfin ? demanda Malo.

– Oui. C'était juste un grain de sable qui bloquait le mécanisme.

Le matou, un large sourire aux lèvres, rendit la boussole à son propriétaire.

– C'est curieux ! fit observer le garçon. Les deux aiguilles indiquent le nord.

– Le nord ? C'est la direction du Cirque d'Hiver, affirma Mercator.

– Le Cirque d'Hiver ?

– Oui. C'est là-bas qu'habite le Clown blanc, l'un de mes meilleurs amis. Je crois que lui pourra vous être utile dans votre quête de brouzons.

Lili, se levant alors du banc, posa son verre sur la table et conclut :

– Je connais l'adresse de ce cirque. Vite ! Allons lui rendre visite.

– Attendez, dit encore Mercator, car les deux enfants étaient déjà prêts à prendre la poudre d'escampette, vous ne voulez pas un dernier verre de jus de pruneaux ? J'en ai tout un stock.

– Non merci, firent les enfants. Nous devons y aller. Bonne nuit, Mercator.

Et ils abandonnèrent le chat seul sur le seuil de l'auberge, car l'évocation du cirque avait agi, dans leurs cerveaux d'enfants, comme un aimant.

14

Le Clown blanc du Cirque d'Hiver

Le Cirque d'Hiver se trouvait sur une large place, sous un chapiteau qui ressemblait à un énorme gâteau à la vanille saupoudré de sucre glace. C'était là que vivait le Clown blanc, ainsi que de nombreux autres artistes comme des dompteurs, des jongleurs, des trapézistes ou des acrobates.

– Comment connais-tu l'adresse de ce cirque ? demanda Malo.

– J'ai découvert le Cirque d'Hiver le soir de mon arrivée au Royaume des Ombres, répondit Lili. C'est le Clown blanc qui m'a recueillie. Pour le remercier, je me suis occupée d'un peu de tout dans ce cirque, j'ai même appris à jongler avec des balles et je n'étais pas si maladroite. Je le fais d'ailleurs parfois avec mes boîtes à rêves.

– Vraiment ?

– Vraiment. Je crois que le Clown blanc a gardé un très bon souvenir de moi. J'espère qu'il m'aidera.

Lorsqu'ils parvinrent devant le chapiteau, il était près de une heure du matin, et le cirque était bien entendu fermé. Mais une lueur filtrait par la fenêtre d'une des nombreuses roulottes disséminées sur la place.

Lili et Malo frappèrent à la porte de la première et furent reçus par un hercule de foire à pull rayé et à fines moustaches qui répétait son numéro, consistant à plier en deux une énorme barre de fer.

– Pardon monsieur l'hercule, nous sommes à la recherche du Clown blanc. Savez-vous où il se trouve ?

L'hercule, sans arrêter de travailler, leur répondit entre deux grimaces :

– La prem… Argh… ièreeeeeeeee… Ouf…. roul… gniiiiiiiiiiiiiiii…otte sur votre droiiiiiiiiiiiiiite. Maiiiiiiiiiiiiiiiiiiis iiiiiiiiiiiiiil doiiiiiiiiiiiiiiit doooooormiiiiiiiiiiiir àaaaaaaaaa ceeeeeeeeeette heeeeeeeeeeeeeeeure-ciiiiiiiiiiiiiiiiiiiiiiiiiiiii.

– Ce n'est pas grave, nous le réveillerons. Il s'agit d'une affaire urgente, fit Lili.

Ils se rendirent devant la roulotte et frappèrent à la porte. Pas de réponse. Une nouvelle tentative, puis un bruit de pas et la porte s'ouvrit, laissant apparaître la mine défaite du Clown blanc qui semblait sortir d'un profond sommeil. C'était un garçon grimé, vêtu d'habits trop petits pour lui, avec un chapeau sur la tête et un air triste dans le regard. Une fausse larme était dessinée sur sa joue, juste sous la paupière.

– J'espère que vous avez une bonne raison de me tirer du lit en pleine nuit.

– Nous en avons une, affirma Malo.

Le Clown blanc bâilla, s'étira, se frotta les yeux et demanda :

– D'abord, qui êtes-vous ?

– C'est moi, Lili. Vous me reconnaissez ?

À ces mots, le visage du clown se détendit un peu et il descendit les quelques marches pour la rejoindre et la serrer très fort contre lui.

– Lili ? Que viens-tu faire ici si tard ?

La jeune fille soupira, regarda le clown dans le blanc des yeux et, tout en exhibant deux boîtes à bonheur, lança tout d'un trait :

– Eh bien, si nous nous sommes permis de vous déranger, c'est qu'il s'agit d'une question de vie ou de mort.

– De vie ou de mort ? Diable ! Que puis-je faire pour vous ?

clown

– Par exemple, glissa Malo, nous acheter une de ces sept merveilleuses boîtes à bonheur au prix imbattable de trois brouzons. Ou le tout pour douze brouzons.

– Douze brouzons ? C'est une sacrée somme !

– C'est vrai, reprit l'enfant, mais je suis sous l'emprise d'un sortilège, et je dois récupérer cet argent avant l'aube ou alors je serai changé en spectre.

– En spectre ?

– Oui, ajouta Lili. Aussi, pour nous aider avons-nous pensé à vous.

– Hélas, dit le Clown blanc, le visage défait, j'ai bien peur de ne pouvoir être le sauveur que vous attendez. Je ne dispose pas de tant d'argent.

– Vous voulez dire que la caisse du cirque ne contient pas douze brouzons ?

– Non, ma petite Lili. Le Cirque d'Hiver est au bord de la faillite. Les dettes s'accumulent un peu plus chaque jour et j'attends le moment où les huissiers viendront saisir les derniers biens qui me restent. Je croyais d'ailleurs que c'étaient eux qui frappaient à ma porte.

– La dernière fois que je suis venue, vous jouiez pourtant à guichets fermés, fit remarquer la jeune fille, étonnée. Le Clown blanc leva les bras au ciel en signe de découragement.

– Tout ça, c'était avant que le Cirque d'Hiver perde son meilleur numéro. Je veux parler de la funambule qui dansait sur un câble d'acier.

– Une funambule ?

– Oui. Elle était gracieuse, belle, légère et dansait réellement sur ce fil. C'était le clou du spectacle. Depuis qu'elle est partie, le public ne vient plus aux représentations.

– Où est-elle, à votre avis ?

– Je n'en sais rien. Un jour, elle est tombée amoureuse d'un aviateur et elle a décidé de s'envoler avec lui dans les airs. Depuis, je n'ai plus jamais eu de ses nouvelles.

– Tu avais donc raison, s'écria Malo, c'était un accident !

– Raison à propos de quoi ? demanda le Clown blanc.

– À propos de rien, coupa Lili, qui ne voulait pas ajouter à la peine du clown... Nous allons vous laisser. Excusez-nous du dérangement.

Elle prit Malo par la main et s'apprêta à partir.

– Attendez, fit le Clown blanc. Il me reste sûrement deux ou trois brouzons. Prenez-les, si cela vous rend service. Bon sang, où peuvent-ils être ?...

Il avait déjà regagné la roulotte, farfouillant dans ses affaires en désordre, lorsque Lili intervint.

– Non, gardez-les. Vous en aurez plus besoin que nous.

– Oh, vous savez, le cirque est fichu, alors... Ah ! il n'y en a plus qu'un !

La silhouette du Clown blanc apparut sur le seuil de la roulotte. Il avait un beau brouzon carré dans la main. Il descendit les marches, s'approcha de Malo et lui donna l'argent.

– Je... Je vous remercie infiniment, monsieur le clown, bafouilla ce dernier, ému par cette première somme récoltée.

– Oui, c'est très généreux de votre part, le remercia Lili. Nous l'acceptons de bon cœur... mais à la seule condition que vous choisissiez l'une de ces boîtes à bonheur. C'est la moindre des choses.

Devant elle, elle étala les sept boîtes colorées, mettant en retrait la noire qui, à vrai dire, était peu recommandée pour quelqu'un d'aussi mélancolique. Le clown hésita, puis choisit une boîte de couleur rouge, sans savoir qu'il s'agissait du rêve de la funambule qu'il regrettait tant.

– C'est... c'est merveilleux. Quel rouge intense ! Avec ça, je suis sûr que je vais passer une excellente fin de nuit.

– À propos, intervint Lili, connaissez-vous quelqu'un qui pourrait être intéressé par l'une de ces boîtes ?

Le Clown blanc réfléchit quelques secondes, puis claqua des doigts.

– Peut-être que Septimus, lui, pourra vous acheter l'une d'entre elles… ou, pourquoi pas, le tout.

– Septimus ? Le magicien qui travaillait pour vous lorsque je suis arrivée au Royaume des Ombres ?

– Oui. Il a quitté le cirque il y a quelques mois, mais je le vois encore parfois.

– Et où habite-t-il, ce magicien ?

– Pour vous y rendre, il suffit d'aller tout droit vers l'ouest jusqu'au 99, rue de la Poudre-Magique. Il partage un petit appartement au dernier étage avec dix-huit chats, deux chouettes et un hibou. Vous verrez, c'est un curieux personnage, mais il est fort probable qu'il vous tire d'embarras. Avec les magiciens, d'ailleurs, tout est possible…

Lili et Malo firent leurs adieux au Clown blanc puis se retrouvèrent devant le chapiteau du Cirque d'Hiver, dans le halo de lumière d'un réverbère où venaient s'agglutiner quelques papillons de nuit, à contempler leur premier brouzon. C'était une belle pièce carrée qui brillait étonnamment au creux de la main.

– Regarde comme elle est belle, fit observer l'enfant.

Après l'avoir précieusement rangée dans sa poche, Malo reprit :

– Nous avons fait un début de chemin. Ce n'est déjà pas si mal.

– Oui, admit Lili, mais le temps passe vite. Il est près de deux heures du matin et il reste onze brouzons à trouver.

– Il est si tard ?

– … moins deux minutes, exactement.

– Dans ce cas, suivons les conseils du Clown blanc et allons rendre visite à Septimus.

15

Septimus, le magicien

Septimus habitait une petite rue sombre, derrière les Grands Boulevards. Il logeait sous les toits d'un immeuble biscornu qui semblait tenir en équilibre par miracle, car tout y était de guingois, murs, cheminées, fenêtres et portes.

– Tu le connais bien, ce Septimus ? demanda Malo à la jeune fille en gravissant l'escalier qui, lui-même, paraissait prêt à s'écrouler tant il était usé.

– Oh, tu sais, je ne l'ai vu qu'à cinq ou six reprises. Deux ou trois au Cirque d'Hiver où il se produisait dans un numéro de magie, et autant à La Petite Boutique des rêves. C'est un confrère de Dom Perlet, je crois qu'ils ont fait leurs études de magie dans la même université. Il est très friand de talismans, de poudre de divination et de sciure pour chat.

– Et crois-tu qu'il possède les onze brouzons manquants ?

– Je ne sais pas. Mais il est capable de faire apparaître n'importe quoi d'un coup de baguette magique. Il est un peu original, il parle d'ailleurs très bizarrement, mais c'est un grand magicien.

Parvenus au sixième étage, ils longèrent un long couloir d'où émanait une forte odeur d'urine de chat. Certains d'être arrivés à bon port, ils frappèrent à la porte du fond, résolus à tirer le magicien d'un profond sommeil. Mais contrairement au Clown blanc, Septimus était encore debout car, comme tous les amateurs de magie, il avait horreur de se coucher de bonne heure. C'est donc un vieux bonhomme à lunettes cerclées de fer tout à fait réveillé qui vint leur ouvrir.

– Catachrèse ! Gerçure ! Dynamite ! Qu'est-ce que le zéphyr vient d'encaustiquer devant ma porte ?

– Bonjour Septimus, fit Lili. Vous me reconnaissez ?

Le magicien ajusta ses bésicles et examina la jeune fille de la tête aux pieds. Puis, le visage éclairé d'un large sourire, il s'écria :

– Lili ! Que viens-tu barauder à cette heure infernale ?

– C'est un peu long à vous expliquer. Disons pour résumer que nous venons de la part du Clown blanc pour une affaire extrêmement urgente. Pouvons-nous entrer quelques instants ?

– Ma foi, j'allais me tricoter une tasse de passiflore. Que diriez-vous de la glouglouter avec moi ? Votre compagnonnage me changera de celui de mes pachas et de mes vizirs. Excusez-moi si ça klaxonne un peu, mais j'ai oublié de serpillerer leur boîte à cacamou.

Une fois à l'intérieur, Septimus les installa dans son salon, une pièce exiguë où s'entassaient les dix-huit chats et chattes du magicien, ainsi que les deux chouettes et le hibou, tout cela au milieu d'un fatras abominable de meubles, de coussins, de livres, de plantes et de piles de numéros du *Petit Magicien illustré*. Là, il les fit asseoir sur un sofa en peau de dragon, leur offrit deux tasses remplies à ras bord de tisane à la passiflore et leur tendit une boîte de gâteaux fourrés à la coloquinte. Les gâteaux se révélèrent immangeables, la passiflore trop sucrée et les chats un peu encombrants, mais aucun des deux jeunes gens n'osa formuler la moindre remarque.

Lili lui expliqua la situation en quelques mots. La réaction de Septimus ne tarda guère.

– Mille atomes ! Ce Dom Perlet, quel encornet ! Quelle boursouflure ! Quelle crépine ! On devrait l'apoltronir, le désairer, l'avillonner ! Comme il a changé depuis qu'il s'est spectrifié. Ce n'est plus l'estudiantin du Sorbonneau que je fréquentouillais au temps des barbotières.

Septimus se tourna vers le garçon qui, jusque-là, était resté muet, et le toisa. Malo, sous le regard de braise du magicien, se sentit rétrécir. À peine protégé par un chat noir sur les genoux et un gris sur le ventre, il prit cette bordée en plein visage :

– Et toi, traîneur de sabre, marmenteau, blavioteur, tu as du jus de cornichons dans la calebasse ! Où crois-tu que tu vas labourer onze brouzons avant l'appareillage du gazeux ? Dans la besace d'un escourgeon ?

Malo appela Lili à l'aide qui, aussitôt, sortit de sa poche les précieuses petites boîtes rouge, bleues, verte, jaune et noire. Mais Septimus lui offrit en retour une moue de dépit.

– Choucroute ! Qu'est-ce que c'est que cet almanach ?

– Les boîtes à bonheur de La Petite Boutique des rêves. Vous vous souvenez ? Il y en a plein au magasin de la rue du Chat-qui-Pêche, fit la jeune fille d'une voix doucereuse.

– Bien sûr, mais que voulez-vous que je globule avec ça ?

– Si vous pouviez en acheter une pour la somme de trois brouzons, ou bien les six pour onze brouzons, cela nous aiderait beaucoup, expliqua Malo.

Le magicien observa les petites boîtes et foudroya le garçon du regard.

– Ne fais pas le sourdaud, ouvre tes oreillards et emmielle donc ça dans tes écoutilles. Je n'ai besoin de rien, et surtout pas de fausse martingale. J'ai ici toutes les souquenilles qu'il me faut. Mes rêves, je les peinturlure moi-même en vert dégueulis ou en caca d'oie si ça me chante ! Tiens-le-toi pour dit, espèce d'apprenti marchand de sable !

Un temps de stupeur pendant lequel Malo et Lili échangèrent un regard étonné, puis Septimus reprit sur un ton plus calme :

– Hélas, les enzymes, je voudrais bien vous béquiller, mais c'est que je n'ai pas ces onze brouzons. Ma bayadère est venue m'encliquer trois mois de loyer, et je suis aussi sec qu'un flageolet.

– Pourtant, osa Lili, vous êtes magicien, et d'un coup de baguette magique vous parvenez à faire apparaître des fleurs au bout d'un arrosoir, ou des lapins dans un chapeau... Alors, pourquoi pas des brouzons ?...

– Oui, bien sûr, je le pourrais... si ces maudits greffiers n'avaient pas tout écorniflé mon formularium à force de mirlitonner avec.

– Vous voulez dire que les chats ont abîmé votre grimoire ? traduisit Lili.

– C'est la fourbe, scrupuleuse et croquignolesque vérité ! Surtout la plus arquebusière d'entre toutes, une pachatte nommée Chouine-Gomme qui me colle aux babouches à longueur de journée, qui rompiche sur mes cagneux et se fait un malin plaisir à faire scrounch-scrounch sur mon herbier, comme s'il s'agissait d'un vulgaire racle-panards !

La pachatte en question, entendant qu'on parlait d'elle, pointa son museau blanc et noir derrière la porte et miaula pour réclamer une caresse. Septimus, sans s'en soucier, se leva et se dirigea droit vers la bibliothèque. Il en retira un vieux livre tout en lambeaux, déchiqueté par des griffes de félin.

– Voyez donc ce qu'elles ont fait, ces brosses à poils. Elles l'ont babillé, estoufadé, scrofularisé ! Et le pire, c'est que je ne me sillonne plus d'aucune formule magique par cœur. Sans cet herbier, je me sens aussi globuleux qu'une libellule glaviotée par un batracien.

– Mais j'y pense, dit soudain Malo en se frappant le front. On m'a offert un traité de magie pour mon anniversaire. Peut-être que cela peut nous servir pour confectionner des brouzons.

L'enfant sortit de la poche de son pantalon le mini grimoire que lui avaient offert ses amis, mais avant qu'il ait pu l'ouvrir et le consulter Septimus le lui avait arraché des mains.

– Fais donc zieuter ! Choucroute, c'est que c'est un vrai formularium !

Malo allait rouspéter, mais Lili s'empressa de le retenir.

– Laisse donc, ne vois-tu pas que Septimus va peut-être pouvoir nous tirer d'affaire ?

Déjà, le magicien avait ouvert le grimoire, trouvé la recette du brouzon et marmonnait des mots incompréhensibles pour le commun des mortels.

– Voyons voir, voyons voir. Pour faire braoufer un beau brouzon bien carré, il faut un tas de souquenilles. Liqueur de kangourou, jus de calamine, poil de zébu, j'en ai tout un clafoutis dans mes confituriers. Extrait de cacamou, purée de griffes de vizir, pipi de souris, ça c'est du biscuit… Plume de crapouillot, extrait de limaçon, sirop de grenouille, c'est de la gnognotte pour un magicien comme moi. En revanche, et voilà le hic, je n'ai plus de poussière de lune !

– Comment ça ? demanda Lili. Il vous manque quelque chose ?

Septimus enleva son chapeau de magicien, se gratta la tête et déclara, dépité :

– Oui, il faut absolument de la poussière de lune pour braoufer un brouzon, et malheureusement je n'en ai plus un seul atome.

– Où en trouver ? demanda Malo.

– Nulle part, molle cervelle ! Il faudrait attendre la prochaine pleine lune, et ce n'est pas prévu avant huit jours. Mais avec Septimus, il faut s'attendre à tout. Je peux très bien braoufer un beau brouzon sans ça. Seulement, il aura deux faces noires et ne brillera pas comme un diamant.

– Tant pis, dit Lili. Espérons que Dom Perlet n'y verra que du feu. Vous pouvez toujours essayer, si vous le désirez.

Septimus, encouragé par la petite marchande et pris d'une soudaine fièvre créatrice, se mit alors au travail. Renversant tout ce qu'il y avait sur son bureau, il y installa un tel tas d'éprouvettes et de fioles de verre qu'on se serait cru dans un laboratoire.

– Voyons voir, voyons voir, extrait de limaçon, jus de calamine, poil de zébu, pas trop sinon ça remugle et ça klaxonne. Un zeste de sirop de grenouille et de liqueur de kangourou, ça donne de l'élasticité et du trampoline. Pipi de souris et plume de crapouillot, ça c'est du gnan-gnan. Surtout rajouter en toute fin de la purée de griffes de vizir et quelques extraits de cacamou.

Au petit bonheur la chance, il se mit à mélanger dans une fiole un tas d'ingrédients dont il fit une sorte de pâte à modeler. Puis, triturant la pâte dans tous les sens, il lui donna au final une belle forme carrée. Sortant sa baguette magique, il marmonna dans sa barbe cette formule étrange :

« Par saint Barnabé et saint Cornichon
Faites que de ce clafoutis tout mou
D'un seul coup de grisou
Surgisse un beau brouzon. »

Il y eut une étincelle, suivie d'une légère explosion qui fit sursauter les deux enfants. Malo et Lili, intrigués, se rapprochèrent du magicien. Mais en lieu et place de brouzon, ils ne virent qu'un amas carbonisé.

– Rognure, catachrèse, gerçure ! s'écria Septimus, un peu décoiffé par l'explosion, j'ai dû me mélanger les pinceaux dans la recette, ou alors ce formularium ne vaut pas tripette !

– Dans ce cas, dit Malo, voyant que l'expérience avait échoué lamentablement, et soudain pressé de s'en aller pour ne pas avoir à essuyer davantage les foudres du magicien, nous n'avons plus rien à faire ici.

– Mille atomes ! Qu'est-ce que tu m'emblaves ? Je ne suis pas un fenouilleur, même si j'ai le verbiage moucheté et la paluche un peu ankylosée. Je ne sais où trouver ces onze brouzons, ni même les braoufer, mais il ne sera pas déblatéré en place publique que Septimus n'a pas tiré un blaveau et une blavette du jus d'hypocras dans lequel ils marinaient…

Il fouilla ses poches et en tira un beau brouzon carré comportant une face noire et une autre blanche.

– C'est tout ce que je puis vous tintinnabuler. Je l'avais empaillassé pour caboter mon prochain loyer, mais ma bayadère attendra.

– Je… je vous remercie infiniment, fit Malo, en prenant l'argent et en lui proposant en échange une boîte à bonheur.

Le magicien hésita, puis finit par choisir celle de couleur verte.

– Oui, intervint Lili, c'est très généreux de votre part, même s'il nous reste encore dix brouzons à trouver et plus que cinq boîtes à vendre.

Septimus fit un geste de la main comme pour leur préciser que ce n'était rien, leur resservit un peu de tisane de passiflore sans même leur demander leur avis, leur tendit quelques gâteaux à la coloquinte qu'ils n'osèrent refuser et ajouta :

– Pour les brouzons à moufter, je connais un marmiton à moitié barbouilleur qui gavote près des quais. Il se baragouine Otto Portret. C'est un goutteux, toujours à siroter du jus de parapluie, mais il est bravache, et qui plus est biaiseux comme une étoupille. Pour lui mettre le grappin, c'est facile, il clabote au pied de la tour Eiffel.

– Très bien, conclut Lili. C'est un peu loin, mais nous n'avons guère le choix. Allons voir cet Otto Portret et espérons qu'il pourra nous aider.

– Sargasse ! J'en suis certain. Il est empognonné jusqu'au trognon, et pour lui, dix brouzons, c'est une pantouflade !

16

Le peintre de la tour Eiffel

Lorsqu'ils furent enfin dehors, l'air frais de la nuit leur parut un pur délice à côté de la puanteur du logis du magicien. La lune en diamants brillait de mille feux, comme un bijou accroché au cou de la nuit.

– Quelle horrible odeur ! Je ne sais pas comment Septimus parvient à vivre dans cette puanteur, fit remarquer Malo. Et quel langage ! Où a-t-il appris à parler comme ça ?

– C'est normal. Il s'exprime en vermot.

– En quoi ?

– En vermot, répéta Lili. C'est la langue originelle du Royaume des Ombres. Une langue rarement utilisée, sauf par Septimus qui semble prendre un malin plaisir à l'employer. N'oublie pas que c'est un grand savant.

– Peut-être, mais il doit avoir le cerveau un peu dérangé pour parler si bizarrement.

– Enfin, nous avons pu récolter un nouveau brouzon, c'est l'essentiel. Maintenant, reste à trouver la route la plus courte pour nous rendre à la tour Eiffel.

Forts de ce constat, ils quittèrent la rue de la Poudre-Magique et se dirigèrent vers le fleuve. En chemin, ils passèrent à proximité du jardin public où vivait l'arbre Arthur.

– Attends ! fit Malo. Avant de rendre visite à cet Otto Portret qui habite à l'autre bout de la ville, je veux te présenter quelqu'un.

– Qui donc ? demanda Lili, curieuse.

Malo répondit dans un sourire mystérieux :

– Un chêne enrhumé. Je ne sais pas s'il pourra nous aider, mais cela ne nous prendra que cinq minutes. Peut-être pourra-t-il nous indiquer le chemin ?

L'arbre Arthur dormait à cette heure tardive, il ronflait même un peu, et il fallut lui secouer les branches avec vigueur pour le réveiller.

– Hein ? Quoi ? Que se passe-t-il ? Un tremblement de terre en pleine nuit ? s'écria le chêne en ouvrant à demi les yeux.

– Non, il ne s'agit que de moi, dit le garçon.

Arthur secoua ses branches, s'étira et regarda autour de lui. Il découvrit alors les deux enfants colorés dans la nuit sombre, ainsi que les boîtes à rêves que portait Lili.

– Malo ? Eh bien, que veux-tu ? Tu as encore perdu ton chemin ? demanda-t-il en reniflant.

– En quelque sorte. Avec Lili, nous devons aller à la tour Eiffel le plus vite possible.

– Oh, la tour Eiffel ! Quelle chance ! Je ne l'ai jamais vue.

– C'est normal, vous ne bougez jamais d'ici.

– Eh oui, je suis très attaché au quartier, j'y ai mes racines.

– Comment va votre rhume ?

– Lui, très bien. Moi, un peu moins, fit Arthur en se mouchant bruyamment.

Lili, voyant qu'ils perdaient leur temps, prit Malo par la main et l'entraîna en disant :

– Dans ce cas, soignez-vous bien. Bonne nuit, Arthur, et à une prochaine.

– Attendez, fit l'arbre en reniflant. Je ne suis jamais allé la voir, cette tour Eiffel, mais je sais comment s'y rendre.

– C'est-à-dire ? demanda Malo, intrigué.

Lili lâcha son emprise et, à son tour, se rapprocha de l'arbre. Arthur bomba le torse et déclara, tout fier :

– Il passe beaucoup de monde par ici et j'écoute les conversations. Aussi je sais que, non loin d'ici, il y a une gare, et un train qui va à la tour Eiffel. C'est, à mon avis, le trajet le plus direct. Il en existe même un de nuit. Si vous vous dépêchez un peu, vous pourrez l'attraper au vol.

– Merci, dit Malo. C'est une très bonne idée. Et j'adore les voyages en train.

– Je te l'avais dit. Il faut parfois savoir rester planté sur place afin d'écouter et de réfléchir. Et, pour ça, les jambes ne sont d'aucun secours.

Les deux enfants échangèrent un regard complice sous le regard bienveillant du chêne tricentenaire. Cet arbre était décidément très original.

– À propos, pourquoi voulez-vous aller là-bas ? demanda Arthur.

Malo allait se lancer dans une explication hasardeuse, mais Lili préféra couper court :

– On vous racontera une autre fois, ou le train va partir sans nous.

– Oh ! Ce sera quand vous voudrez, fit l'arbre, compréhensif. Vous savez, comme je le dis toujours, moi, je ne bouge pas d'ici.

Malo et Lili arrivèrent devant la gare du Royaume des Ombres au moment où la pendule indiquait trois heures du matin et cinq minutes.

– Il nous reste moins de cinq heures, s'inquiéta Lili.

À l'intérieur de la gare, une vaste verrière supportée par des poutrelles d'acier faisant songer à un gigantesque papillon transparent, Lili et Malo prirent l'unique train de nuit pour la tour Eiffel. Il s'agissait de trois petits wagons tirés par une locomotive à peine plus grande qu'une automobile.

Le train démarra à trois heures trente-trois et, tout le long du trajet, les deux jeunes gens ne dirent mot. Ils passèrent devant une cathédrale en chocolat, un arc de triomphe en sucre et un kiosque à musique en pâte d'amandes qui, tous, brillaient dans l'obscurité. Ce n'est qu'une fois arrivés à bon port que Malo demanda :

– Il y a donc une tour Eiffel au Royaume des Ombres ?

– Oui. Elle est beaucoup plus petite que l'originale, mais elle fait tout de même son effet. Elle est tout en bâtons de réglisse et en bonbons à la menthe. On peut en manger, si on veut. C'est délicieux.

Lorsqu'ils parvinrent au pied de la tour Eiffel, Malo n'en crut pas ses yeux. La Vieille Dame était là, si haute qu'elle avait la tête dans les nuages. Elle avait au moins vingt mètres de hauteur, tout en bonbon. Ils la contemplèrent un instant, s'approchèrent d'elle, goûtèrent deux ou trois bâtons à la réglisse et plusieurs bonbons à la menthe, puis se dirigèrent vers l'esplanade où quelques peintres avaient disposé leur chevalet.

Otto Portret était un gros bonhomme jovial portant une salopette, un pull rayé de marin et une casquette. Il fut facile à trouver, car les tableaux exposés autour de lui étaient signés de son nom. Comme tous les artistes, il dormait le jour et travaillait la nuit. Aussi était-il concentré sur son labeur, occupé à exécuter un énième portrait de la tour Eiffel tout en sifflotant. À première vue, il semblait heureux de vivre.

– Eh bien, les enfants, que me vaut l'honneur de votre visite. Que diriez-vous d'un tableau de la Vieille Dame en guise de souvenir ?

Malo, qui voyait le temps passer, répondit avec aplomb :

– Non merci, une autre fois peut-être.

– C'est que nous sommes pressés, ajouta Lili.

– Pressés ? D'ordinaire, les touristes ont tout leur temps… rétorqua le peintre en trempant son pinceau dans un peu de peinture noire, car il était justement en train de reproduire les bâtons de réglisse.

– Nous ne sommes pas des touristes. Nous venons de la part de Septimus.

À ces mots, le peintre se raidit et, après avoir dévisagé les deux enfants, demanda d'un air inquiet :

– Septimus ? Comment va-t-il, ce vieux singe ? Toujours à baragouiner des mots impossibles ?

– Pour ça, oui, continua Lili. Il n'a pas changé.

– Les gens ne changent pas. Seul le monde autour de soi change… À propos, pour quelle raison vous envoie-t-il à moi ?

– Pour vous demander un service.

– Lequel ? demanda Otto Portret en trempant son pinceau dans un peu de peinture verte, car il allait attaquer les bonbons à la menthe.

Une fois les explications fournies, Otto Portret continua à peindre comme si de rien n'était. Ce n'est qu'après quelques secondes qu'il ouvrit la bouche :

– Et voilà, j'ai fini mon tableau. Qu'en pensez-vous ?

Lili se pencha sur le chevalet et découvrit un tableau qui représentait la tour Eiffel en noir et vert. Rien de bien original, mais comme elle ne voulait pas le vexer, elle répondit :

– Il est très réussi.

– N'est-ce pas ?

Un long silence, puis Otto Portret, après avoir admiré son œuvre pendant de longues et interminables secondes, déclara :

– Dix brouzons, cela, je ne pourrai pas vous les donner car je suis un peu à sec. Mais un ou deux sans doute.

Il fouilla dans sa salopette et sortit une unique pièce. Décidément, personne n'avait plus de un brouzon en poche. C'était comme une malédiction, comme si Dom Perlet avait su à l'avance qu'il serait impossible de réunir la somme de douze brouzons en une nuit.

– Septimus nous a pourtant affirmé que vous étiez riche, fit observer Malo.

– Il a dit ça ?

– Pas exactement de cette manière, mais c'était ce qu'il voulait dire.

– C'est vrai, je l'ai été, mais désormais je ne le suis plus. Je suis un peu flambeur. Et puis les touristes ne viennent plus guère ces temps-ci.

– Cela ne fait rien, dit Lili. Nous acceptons cette pièce de bon cœur.

Elle fit un geste en direction de Malo et ce dernier tendit au peintre l'une des cinq dernières boîtes à bonheur contre la pièce carrée que le peintre lui tendait.

Bizarrement, il choisit la noire. Sans doute aimait-il les cauchemars.

– Allez voir Barnabé de ma part, dit Otto Portret. Il habite un peu plus bas sur les quais.

– Qui est Barnabé ? demanda Lili.

– Un drôle de bonhomme, mi-clochard, mi-poète. Il n'est pas riche, mais, ce qui est assez paradoxal, il est toujours plein de ressource. On l'appelle le Clochard céleste. Peut-être pourra-t-il vous tirer d'affaire.

17

Le Clochard céleste

Comme le leur avait annoncé le peintre, Barnabé était un bien curieux personnage, sans doute le plus curieux de tous ceux qu'ils rencontrèrent cette nuit étrange et merveilleuse. Il vivait non loin de la tour Eiffel, sur les quais de la Seine, dans une cabane en carton qu'il devait rafistoler chaque matin, sinon elle aurait été balayée au premier coup de vent. Il était si pauvre qu'il n'avait pas de quoi se payer un habit neuf ou un rasoir, aussi portait-il en permanence barbe, moustache, chapeau haut de forme dont la partie supérieure était ouverte comme une boîte de conserve, manteau mité et chaussures trouées. Pourtant, cette misère ne semblait guère le déranger, car il affichait en toutes circonstances un large sourire comme s'il venait d'apprendre qu'il était milliardaire.

– Bienvenue dans mon palais ! s'écria-t-il en apercevant Lili et Malo s'approcher de son modeste logis.

Il était allongé sur un carton, fumant une moitié de cigare ramassé dans une poubelle, l'air très concentré. Il scrutait le ciel, occupé qu'il était à contempler les étoiles.

– Bonsoir, Barnabé, répondit la jeune fille d'un ton enjoué. Je m'appelle Lili et voici mon ami Malo.

– Enchanté, fit le Clochard céleste en saluant avec son chapeau ouvert sur le dessus, ce qui était si ridicule que les deux jeunes gens se retinrent pour ne pas éclater de rire. Mais il était si touchant qu'à la fin ils lui rendirent son sourire.

– Nous venons de la part d'Otto Portret, fit Lili avec douceur. Et nous aurions besoin de vos services.

Mais c'était mal connaître le Clochard céleste qui n'avait pas la même philosophie de vie qu'eux et, surtout, était moins pressé.

– Hé ! mes jeunes amis, pas si vite. Je suis occupé !

– À quoi donc ? s'étonna Malo qui ne voyait qu'un homme allongé sur le sol, bayant aux corneilles.

– Cela ne se voit donc pas ? Je prends un bain de lune.

– D'ordinaire, on prend un bain de soleil.

– Peut-être, mais j'ai l'habitude de faire le contraire de ce que font les gens.

– Comment ça ?

– Eh bien, disons que je suis contrariant. En quelque sorte, je fais uniquement ce qui me plaît.

Et, tout en affirmant cela, le Clochard céleste se fendit d'un sourire sarcastique.

– C'est très gentil à vous deux d'avoir pensé à me rendre visite.

– On nous a dit que vous étiez de bon conseil, dit Lili.

– Ah bon ? fit l'intéressé, flatté. Et quoi d'autre encore ?

– Euh… Rien.

Il sembla dépité.

– Bien sûr, je ne suis pas quelqu'un d'extraordinaire. Je travaille quand j'en ai envie, et je ne fais rien quand je n'ai rien envie de faire. Il n'y a pas de quoi fouetter un chat.

– Et quel genre de travail faites-vous ? demanda Malo, qui avait compris qu'avec Barnabé il ne fallait pas aller directement au but.

Le Clochard céleste sembla ravi qu'on lui pose cette question, car il attribuait beaucoup d'importance à sa fonction. Il arbora un large sourire, tira sur son cigare une énorme bouffée de tabac qu'il recracha dans le ciel, en plein sur la voie lactée, posa ses deux mains derrière sa tête et déclara :

– Je suis un contemplatif.

– C'est-à-dire ?

– Que j'admire ce qui m'entoure.

– Cela prend beaucoup de temps ?

– Oui et non. Une minute, des heures, ou la nuit entière.

– Et qu'est-ce que vous admirez ?

– Cela dépend de mon humeur. Un arbre, un monument, une personne, un flocon de neige ou un simple bout de ficelle ramassé par terre. Mais ce que je préfère, c'est admirer les étoiles.

– À quoi cela sert-il ?

– À les faire briller davantage. Si vous dites chaque soir aux étoiles que vous les aimez, et passez toute la nuit à les contempler, forcément, cela les rend plus brillantes. Elles ont besoin d'amour. Et elles vous en rendent tellement que vous vous sentez vraiment heureux.

– C'est tout ?

– Oui. Un contemplatif ne fait que contempler. Parfois, si on en a le courage, on doit juste signaler si l'une d'entre elles meurt.

– Cela arrive ?

– Malheureusement oui. Tous les cent ans à peu près, il y a une étoile qui disparaît et une lueur de moins dans le ciel.

– Que fait-on dans ce cas-là ?

– On verse une larme, en souvenir de l'étoile, puis on raye son nom sur la grande carte du ciel. On est très triste quand une étoile meurt, aussi on ne peut pas faire grand-chose d'autre. Heureusement, comme elles sont très loin dans l'univers et qu'elles brillent longtemps après leur mort, on ne le sait que des années plus tard…

Le Clochard céleste se leva et continua :

– Mais il y a aussi des moments joyeux dans la vie d'un contemplatif : la rencontre avec un être cher, ou la découverte d'un bout de ficelle, ou la naissance d'une étoile… Alors là c'est une grande fête, on a le cœur en joie, et on doit trouver un nom pour l'étoile, l'inscrire sur la grande carte du ciel, et toutes les autres étoiles comprennent que vous faites quelque chose d'utile et de merveilleux.

– C'est un joli métier, fit Lili. Un peu comme vendre des boîtes à bonheur. D'ailleurs, justement, nous avons là une de ces…

– Le reste du temps, je me repose, continua le Clochard céleste, indifférent à ce qui l'entourait. Quand on a la tête dans les étoiles, on n'a guère le loisir de faire autre chose.

– Cela n'a pourtant pas l'air difficile, le coupa Malo.

– Tu oublies les torticolis. C'est très gênant de lever la tête en permanence. Voilà pourquoi le mieux est de travailler couché.

Et, disant cela, le Clochard céleste s'allongea de nouveau sur son carton, et se remit au travail.

– Les gens ne savent pas ce qu'est le bonheur. Ils veulent un emploi, une belle voiture, une grande maison et pourtant ils ne sont pas heureux lorsqu'ils l'obtiennent. Alors que la rencontre avec un être cher, ou la naissance d'une étoile ont bien plus d'importance que tout l'argent et toute la considération que leurs sacrifices leur apporteront. Moi, je suis plus riche qu'un milliardaire. Pourtant aucune étoile ne m'appartient puisqu'elles sont à tout le monde. Aussi n'ai-je pas à les compter. J'ai juste à les contempler et à les aimer.

Lili et Malo observèrent un long silence, car c'était la première fois qu'ils écoutaient un être empli de sagesse. Mais l'heure tournait et il fallait enfin passer à l'action.

– Je suppose que vous n'avez pas neuf brouzons sur vous ?

– Neuf brouzons ? Pour quoi faire ?

Lili, comprenant que le moment était venu, lui exposa en quelques mots de quoi il retournait.

– Hélas ! fit le Clochard céleste, je n'ai pas ces brouzons sur moi.

– C'est bien ce qui me semblait, fit Malo. Un clochard n'a rien d'un Crésus.

– Je n'ai pas de brouzons sur moi, continua Barnabé, mais j'en ai toute une collection dans ma cabane.

– Vraiment ?

– Oui. Est-ce que cela pourrait convenir ?

– Bien sûr, s'il s'agit de beaux brouzons carrés. Et s'il y en a neuf…

– Oh, pour cela, ils sont bien carrés. Je ne les ai pas comptés, mais je crois en avoir au moins une dizaine.

– Dans ce cas…

Le Clochard céleste s'éclipsa quelques secondes dans sa maison en carton et en revint avec un petit coffret qu'il ouvrit devant eux. Il était rempli de brouzons aussi brillants que la lune de diamants. Il y en avait peut-être une cinquantaine. Sans doute le Clochard céleste ne savait-il pas compter au-delà de dix, ou y attachait-il peu d'importance.

– Comment se fait-il qu'un clochard possède autant de richesses ? demanda Malo.

Enfin, il reprenait espoir de pouvoir sortir du Royaume des Ombres.

– Il ne faut pas se fier aux apparences. Je suis riche quand je le désire et pauvre quand j'en éprouve le besoin. Je suis clochard par vocation et non par nécessité.

– Mais d'où proviennent toutes ces pièces ?

– Du ciel. Il en pleut parfois les soirs où le soleil a rendez-vous avec la lune. Comme je suis un contemplatif, je suis le premier à les voir tomber. Il ne reste alors plus qu'à les ramasser et à les ranger dans un coffret.

– Pas de doute, ce sont bien des brouzons ! fit Lili, ravie, admirant le tas de pièces noires et blanches.

Le Clochard céleste en prit neuf et dit :

– Celles-ci, je veux bien vous les échanger contre vos boîtes à bonheur. De quels rêves s'agit-il ?

– Il en reste quatre. Deux bleus, un rouge et un jaune. Les bleus sont ceux d'un aviateur.

– Formidable. J'ai toujours rêvé de voler. Comme cela, je serai encore plus près des étoiles.

Malo, contre les quatre boîtes contenant les rêves colorés, n'hésita pas une seconde à s'emparer des neuf brouzons que lui tendait le Clochard céleste. Il en avait désormais douze en poche. Le contrat était rempli.

– Vous êtes sûr que vous n'avez pas besoin de cet argent ?

– Non, d'ailleurs je ne savais comment m'en débarrasser. J'ai déjà tout ce qu'il me faut. Une maison, un métier, des amis. Il ne me manquait plus qu'un rêve...

Barnabé rangea ses boîtes à bonheur dans la poche de son manteau mité, pour s'en servir plus tard. Il était bien résolu à commencer par une boîte bleue.

– Nous ne savons comment vous remercier, dit Malo d'une voix gênée.

– Oui, renchérit Lili, merci beaucoup. Maintenant, il ne nous reste plus qu'à retourner à La Petite Boutique des rêves pour rembourser Dom Perlet.

– Alors ne me remerciez pas. Et filez vite avant que l'aube surgisse.

Les deux enfants allaient partir lorsqu'une voix les retint :

– Une dernière chose, mon garçon.

– Oui, répondit Malo en se retournant.

– Lorsque tu rejoindras le monde des vivants, n'oublie pas de lever la tête et de contempler les étoiles. C'est là que tu auras le plus de chance de me trouver.

– Je m'en souviendrai.

– Adieu, fit le Clochard céleste.

– Adieu, Barnabé.

Et ils partirent dans la nuit qui commençait à s'éclaircir, certains que, grâce aux rêves de l'aviateur, le Clochard céleste allait enfin se rapprocher des étoiles.

18

Le rêve d'un chercheur d'or

Lorsque Lili et Malo quittèrent le Clochard céleste, il était déjà très tard et le jour n'allait plus tarder à se lever. Sans perdre de temps, ils coururent comme des fous en direction de la rue du Chat-qui-Pêche et ne s'arrêtèrent que devant le tonneau en délivrant l'entrée secrète. Là, Lili prit la main de Malo et la serra très fort dans la sienne. Puis, après lui avoir caressé la joue, elle lui confia d'une voix qu'elle désirait la moins blessante possible :

– Maintenant, je vais te laisser. Tu dois te rendre seul à La Petite Boutique des rêves. Cela vaut mieux, je crois, pour tous les deux. Je ne veux pas que Dom Perlet sache que je t'ai aidé à trouver cet argent. Il pourrait en prendre ombrage et décider de prolonger le sortilège.

– Oui. Tu as raison. C'est plus prudent.

– Et puis je n'ai pas encore vendu les sept boîtes à bonheur que je dois à Dom Perlet.

– Si je peux faire quelque chose pour toi avant de partir... lança Malo, décidément moins pressé de quitter le Royaume des Ombres qu'à son arrivée.

– Non. Promets-moi simplement de faire attention à toi, ajouta Lili.

– Je te le promets.

– Aie confiance en toi, c'est la meilleure arme que tu puisses avoir dans la vie.

– Je tâcherai de m'en souvenir.

Un long silence, puis Malo ajouta :

– Je te remercie pour tout ce que tu as fait pour moi, Lili. Je t'assure que je n'ai jamais rencontré quelqu'un comme toi.

– Ne dis pas de bêtises. Et pardonne-moi de t'avoir conduit chez Dom Perlet. J'ai été maladroite.

– Ne t'en fais pas. C'était une chouette aventure. Et tu m'as tellement aidé !

Déjà, la nuit s'estompait et les premières lueurs de l'aube apparaissaient au loin. Il était sept heures trente. Dans moins d'une demi-heure, le sortilège prendrait effet.

– Maintenant, vas-y. Et bonne chance à toi. J'espère qu'on se reverra.

– Je te le promets. Au Royaume des Ombres ou ailleurs…

– Au revoir, Malo.

– Au revoir, Lili.

La petite marchande se pencha vers lui et joignit ses lèvres aux siennes. C'était la première fois qu'ils s'embrassaient et ce fut comme s'il recevait une décharge électrique de cent mille volts. Malo faillit être électrocuté.

Elle le poussa soudain en arrière dans le tonneau et Malo s'y engagea tête baissée. À l'autre extrémité, encore sous le choc du baiser, il ne vit pas que se dessinait un hublot ouvert d'où sourdait une étrange lumière bleue. L'enfant se faufila à l'intérieur et glissa sur un toboggan sans fin. Tout se mit à tourbillonner autour de lui et il fut happé dans une spirale vertigineuse. Il dansa quelques secondes dans un halo d'étoiles, puis tout redevint calme et blanc.

– Malo ?… Malo ? Tu m'entends ?

Au bout de quelques secondes qui semblèrent durer des siècles, le garçon, hébété, ouvrit les yeux à demi. Ce qu'il vit était un décor d'une étonnante blancheur, à la différence qu'il ne s'agissait plus de neige chaude et crépitante, mais des murs uniformes d'une chambre d'hôpital.

– Où suis-je ? demanda-t-il du bout des lèvres.

– À l'Hôtel-Dieu.

En entendant ces mots, Malo se crut arrivé au paradis ou en enfer. Pourtant, il ne s'y trouvait pas, car les ombres planant au-dessus de lui n'étaient ni des anges ni des spectres mais les visages inquiets de ses parents.

– Eh bien, tu nous as fait une de ces peurs ! dit sa mère.

– Que m'est-il arrivé ?

– Tu as eu un accident hier après-midi et tu es resté inconscient près de vingt-quatre heures. Nous t'avons veillé tout ce temps.

Son père qui arborait une belle cravate couleur whisky écossais prit la parole :

– Tu as failli te noyer dans la Seine. Les pompiers, lorsqu'ils ont fini par te retrouver bien loin du lieu de l'accident, ont jugé que c'était un miracle que tu sois encore en vie. Tu dois sûrement avoir un ange gardien qui veille sur toi.

Malo regarda ses parents avec un air ahuri et, sortant des brumes de l'inconscience, il comprit qu'il était vivant. Sur le coup, il en fut soulagé, car cela voulait dire que son voyage au Royaume des

Ombres n'avait été qu'un rêve. Mais la déception se lut bientôt sur son visage, d'autant qu'il était sorti de cet état d'hébétude au moment le plus merveilleux du songe : l'instant précis où il embrassait Lili.

– Que t'arrive-t-il ? lui demanda sa mère. Tu ne te sens pas bien ?

– Ce n'est rien. J'ai... J'ai du mal à émerger.

– Cela se comprend après un tel choc.

Malgré la présence réconfortante de ses parents, il se sentit triste. La compagnie de Lili, décidément, lui manquait. Elle avait beau être un personnage imaginaire, elle lui paraissait terriblement réelle. Il regrettait son regard d'or, sa voix claire et le parfum de sa présence.

Que faire, maintenant ? Allait-il rester ici sur ce lit d'hôpital à discuter avec son père et sa mère, essayant de comprendre ce qui s'était passé lors de l'accident ? Ou bien se rendormir pour tenter de poursuivre ce rêve merveilleux ? Il n'arrivait pas à se décider.

– C'est la première fois qu'il m'arrive quelque chose d'aussi beau en onze années d'existence. Dommage que ce soit fini.

Malo voulait parler de son voyage au Royaume des Ombres, mais ses parents crurent qu'il parlait du temps où il était resté inconscient, aussi eurent-ils un sourire crispé.

– Il est encore sous le choc. On ferait mieux de le laisser se reposer un peu, dit sa mère en entraînant son mari hors de la chambre. À plus tard, mon chéri. Essaye de dormir un peu, cela te fera oublier ce cauchemar que tu as vécu.

– Oui. On reviendra ce soir quand tu seras tout à fait remis, conclut son père.

Si ses parents savaient ! Il n'avait pas vécu un cauchemar, mais le rêve le plus agréable de son existence. Étaient-ils seulement en mesure de le comprendre ?

Malo songea à Mercator, à l'arbre Arthur, à Septimus, au Clown blanc, à Otto Portret et à ce curieux Clochard céleste, se disant qu'il avait eu beaucoup de chance de les rencontrer. Mais surtout, il pensait à Lili et à ses magnifiques yeux couleur d'or. Le reverrait-il un jour, ce regard si précieux ?

– Au fait, lui dit sa mère avant de disparaître dans le couloir. Tu avais dans tes poches de bien curieux objets. Je les ai laissés sur la table de chevet. Je me demande où tu as déniché tout ça.

Brouzons du royaume des ombres

Et elle ferma la porte, laissant Malo seul avec ses pensées. Après le départ de sa mère, il tourna la tête vers la table de chevet et ce qu'il vit lui fit écarquiller les yeux. Il y avait devant lui la boussole magique, le mini grimoire, la boîte de maquereaux, les jumelles cassées, les douze brouzons carrés, ainsi que la petite boîte à bonheur que Lili lui avait vendue. Tout cela existait. C'est donc qu'il n'avait pas rêvé.

– Incroyable ! s'écria-t-il en se redressant sur son lit et en saisissant l'un après l'autre les objets de son odyssée au Royaume des Ombres.

Après avoir hésité quelques secondes, Malo ouvrit la boîte à bonheur. Soudain, un rêve d'un beau jaune d'or comme le regard de Lili apparut devant ses yeux, se glissa dans son cerveau et l'emmena loin, très loin de là, dans un pays qu'il n'aurait même pas pu imaginer. Et il se sentit incroyablement heureux.

– C'était donc vrai ! Ces boîtes sont magiques.

Aussitôt, pour Malo, la tristesse se fit moins vive, et l'espoir naquit en son cœur car il venait de comprendre que la vie est belle, surtout quand on a dans la tête le rêve d'un chercheur d'or et qu'on sait qu'une petite marchande vous attend quelque part dans un royaume d'ombres et de rêves.

Dictionnaire Vermot/Français (Langage utilisé par Septimus le magicien)

Almanach : attirail
Apoltronir : écraser
Arquebusier : chenapan
Avillonner : trucider
Babiller : salir
Babouche : pantoufle
Barauder : faire (lieu)
Barbouilleur : peintre
Bayadère : logeuse
Béquiller : aider
Besace : ventre
Boîte à cacamou : litière
Braoufer : confectionner
Bravache : sympathique
Brosse à poils : chat
Brouzon : pièce de monnaie
Caboter : payer

Cagneux : genoux
Calebasse : tête
Claboter : travailler
Clafoutis : tas
Confiturier : bocal
Déblatérer : dire
Désairer : faire disparaître
Écornifler : abîmer
Écoutille : oreille
Emblaver : raconter (des sornettes)
Empaillasser : garder
Empognonné : riche
Encaustiquer : apporter
Encliquer : réclamer
Enzyme : ami
Estudiantin : élève
Faire scrounch-scrounch : faire ses griffes
Fausse martingale : camelote
Fenouilleur : lâcheur
Formularium : grimoire
Gavoter : habiter
Gazeux : soleil
Glavioter : avaler
Globuler : faire (action)
Globuleux : bête
Glouglouter : boire

Goutteux : buveur (d'eau)
Greffier : chat
Herbier : grimoire
Jus d'hypocras : ennui, tracas
Klaxonner : puer
Labourer : trouver
Lever : appareiller
Marmiton : gars
Mirlitonner : jouer
Moucheté : fleuri
Moufter : trouver
Oreillard : oreille
Pacha, pachatte : chat
Paluche : main
Pantouflade : plaisanterie
Racle-panards : paillasson
Rompicher : dormir
Sargasse : tonnerre
Scrofulariser : lacérer
Se baragouiner : se nommer
Se sillonner : se souvenir
Serpillerer : nettoyer
Sorbonneau : école
Souquenille : chose
Sourdaud : sourd
Tintinnabuler : donner

Tricoter : préparer
Verbiage : langage
Vizir : hibou
Zéphyr : vent
Zieuter : voir

Injures ou expressions préférées de Septimus :

Blavioteur, marmenteau, traîneur de sabre, encornet, boursouflure, crépine, catachrèse, gerçure, dynamite, mille atomes, sargasse, rognure, molle cervelle, choucroute.

Table des matières

conception
réalisation
mise en page
pca

44405 Rezé cedex

IMPRIM'VERT®

Imprimé en France
par Corlet Imprimeur
14110 Condé-sur-Noireau
Dépôt légal : novembre 2012
N° d'imprimeur : 151406
ISBN : 978-2-7499-1753-5
LAF : 1675